KB097565

마흔에는 홀가분해지고 싶다

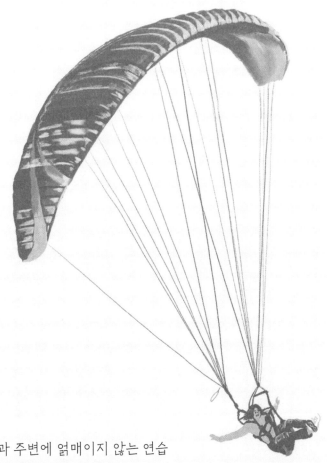

세상과 주변에 얽매이지 않는 연습

마흔에는
홀가분해지고 싶다

오카다 이쿠 **지음** · **최윤영** 옮김

유노
북스

"마흔에 그만두어야 할 것들"

이 책은 서른아홉인 제가 지금까지의 인생을 돌아보며 '그때, 그만두길 잘했다'고 생각한 것에 관해 쓴 글입니다. 주 간 연재했던 글을 다듬고 내용을 보완하고 보니 우연히도 나 이와 같은 39개의 칼럼이 나왔네요. 무엇인가를 그만두라는 협박이 아닙니다. 오히려 어른이 되면서 '해야 한나', '안 하면 안 된다'는 말들에 지나치게 휘둘리며 살고 있지는 않은지, 돌 아보고 싶었습니다.

저는 서른이 넘어 글 쓰는 일을 시작했고 결혼한 후에 해외에서 살기 시작하여 현재는 미국 뉴욕에서 일하며 생활 하고 있습니다. 모두 언젠가 해 보고 싶었던 일들이기는 하나 한편으로는 '어쩐지 예정이 틀어졌네' 하는 느낌도 있습니다. 정년까지 일할 생각이었던 회사를 그만두고, 평생 독신으로 살 계획이었던 생활을 그만두고, 나고 자란 조국에서의 삶을 그만두고, 남과 비교하며 세웠던 인생 설계를 그만두고 보니 어느새 현재 위치에 서 있었습니다.

39가지 항목 중에는 결국 그만두지 못한 것도 있고 마음먹고 그만둔 것도 있습니다. 대부분의 고민은 자력으로 짜낸 시간과 돈이 해결해 주었습니다. 그렇다고 거액의 비용을 들이지는 않았습니다. '고민하는 시간이 아깝다'고 과감히 단념하면, 돌아가지 않고 바로 지름길로 가는 방법을 얼마든지 찾을 수 있습니다.

하루는 24시간이고 일생은 단 한 번뿐입니다. 후회를 꼽자면 끝이 없겠지만 그만두길 잘했다고 여기며 스스로 납득하는 태도에서부터 새로운 길을 개척할 수 있다고 봅니다.

지금보다 젊었을 때 저는 제 인생을 통제하기 위해 혼자서 아등바등 기를 썼습니다. 서른이 넘으면 이런 옷을 입고, 서른다섯쯤에는 돈을 이만큼 모으고, 마흔이 되면 이런 임원이 되고…. 주위 사람들과 나를 계속 비교하면서 '이것도 하고 저것도 해야지', '가능한 한 빨리 제대로 하자'고 스스로를 재촉하며 지금 당장 하지 않으면 늦을까 봐 끊임없이 불안해했었죠.

그때는 내가 해야 할 일들이 전부 사전에 구체적으로 정해져 있는 것 같았습니다. 누가 만들었는지는 모르나, 체크리스트를 곁에 두고서 그것만 채우면 된다는 감각으로 말이죠. 세상에는 '이것이 정답'이라고 알려 주는 실용서나 매뉴얼이 정말 많습니다. 그런 교과서를 모방해 모범적으로 정답을 맞히며 살아가는 편이 훨씬 성취감도 있고 안심도 되죠.

지금은 무엇보다 그런 사고방식 자체를 그만두길 잘했다고 생각합니다. 사실 하지 않아도 되는 일이 대부분입니다. 그 일을 안 한다고 내가 죽는 것도 아닌데 이상하게 누군가에게서, 무언가로부터 무작정 남들과 똑같이 행동해야 한다고 착각을 불러일으키는 상황이 참 많습니다.

특히 사회로 나와 일하는 여성은 모든 의미에서의 완벽함을 요구당합니다. 언제나 곱게 치장해야 하고, 사근사근 붙임성 좋은 미소를 지어야 하고, 술을 따르며 샐러드를 나누어 주어야 하고, 만인에게 호감을 사야만 하죠. 또 적령기에는 결혼해서 아이를 낳아야 하고, 남성과 똑같이 일하면서도 집안일이며 육아에 몇 배나 많은 부담을 지어야 하죠. 월급이 오르지 않는 것도, 생각처럼 출세할 수 없는 것도 자기 책임입니다. 조금이라도 피곤함을 얼굴에 드러내면 늙었다는 말을 듣습니다. 불평등에 저항하면 건방지다고 거북해하니 예의 차리기에 신경을 곤두세우며 여기저기서 체면을 지키지 않을 수 없습니다.

이 같은 사회적 요구 중에 정말로 스스로 계속해서 실천하고 싶은 일이 과연 몇이나 될까요? 타인의 인생에 시끄럽게 참견하는 그 체크리스트는 도대체 누가 만들었을까요? 하나라도 지키지 않거나 이를 그만두면 두 번 다시 같은 레일 위에 돌아가지 못할까 봐 불안해지는 이유는 무엇일까요? 당장 그만두더라도 큰일이 일어나지 않는 일에, 죽고 사는 문제가 아닌 일에 너무 인생을 낭비하고 있지는 않나요?

마흔에는 지금보다 홀가분해지고 싶은 분들을 위해 이 책을 썼습니다. 어제보다 오늘, 오늘보다 내일 조금이라도 자신의 이상에 가까워지고 싶은 여성, 자신이 소속된 사회에서 경제적으로 정신적으로 독립하고 싶은 여성, 자신만의 소소한 행복을 추구하며 기분 좋게 살기를 바라는 여성을 위한 책입니다. 더하기가 아닌 빼기를 실천해야 한다는 사실을 39번이나 집요하게 반복했습니다.

구체적으로 이야기하면 나이를 자세히 세는 일을, 하이힐을 벗고 발돋움하는 행위를, 매일 빈틈없는 미인으로 존재하기 위한 노력을, 궁합이나 신의 탁선에 일희일비하는 믿음을 그만두었습니다. 또 필요 이상으로 상하 관계를 만들지 않기, 존댓말을 최소한으로 줄이기, 예의를 위한 예의나 사교를 위한 사교에 얽매이지 않기 위해 스스로를 비워 냈습니다. 이렇게 작지만 나에게 불필요한 일들을 그만두고 나서부터 마음이 편안해졌습니다.

좋은 습관을 만들기 위해 애쓰기보다 좋지 않은 악순환을 끊어 내기 위한, 혼자서 안 되는 일을 끙끙대며 고민하기보다 남에게 의지하라고 부추기는, 모든 일을 혼자 전부 해결해야 한다는 생각으로부터 벗어나려는 시도가 결코 도망치는 일이 아님을 격려하는 글입니다. 인생을 재촉하며 빨리 감기 버튼을 누르라고 독려하기보다 일시 정지 버튼을 눌러 보기를 권하고 싶습니다.

물론 제가 한 그대로 여러분에게 똑같이 그만두라고 강요하지는 않았습니다. 저 역시 여전히 그만두지 못하는 일이 몇십, 아니 몇백 가지나 됩니다. 그래도 우선은 생판 남이 그만둔 39가지 일을 참고로 각자 자신만의 그만두기 리스트를 만들어 보면 어떨까요? 저는 그것만으로도 충분히 행복하겠습니다.

오카다 이쿠

목차

제1장

마흔의 여성에게
유해한 것들

01

비교를 멈추면,
비로소 보이는 것들

　"마흔에는 홀가분해지고 싶다"라는 말을 들었을 때 당신의 마음속에 제일 먼저 떠오른 생각은 무엇인가? 다니고 있는 직장을 그만둔다? 담배를 끊는다? 헛된 연애를 그만둔다? 당신이 몇 살이든, 그 일이 무엇이든 직관에 따라 지금 당장 그 일을 그만두기를 나는 강력하게 권한다.

　사회에서 어른으로서의 책무를 모두 내던져 버리면 내일부터는 속세를 떠나 산속에 들어가 은둔 생활을 할 수밖에 없다. 그런 극단적인 방법은 넘어야 할 문턱이 높다. 그러나 오늘과 변함없이 세상과의 접점을 유지하면서 불필요한 것들만 버리겠다고 결심하는 일은 그리 어렵지 않다. 매일의 일상에서 부지런히 쓰레기를 비우듯이 마음속도 쓰레기로 가득 쌓이지 않도록, 해야 하는 일과 안 해도 되는 일은 구별해서 취사선택할 수 있다.

자신의 자유 시간을 최대화하기 위해 '하다'를 생각하는 만큼 혹은 그 이상으로 '안 하다'를 의식하며 살아 보는 것이다. 할 수 없는 일은 무리하지 않고, 안 해도 되는 일은 제거해 나간다. 크고 작은 다양한 인생의 짐을 최소한으로 만들기 위해 내린 결단이 인생의 작은 흐름을 만들어 조금씩 원하는 삶의 모습을 선물해 줄 것이다. 그 끝에서 아무것도 안 하는 사치와 함께, 하고 싶은 것을 발견해 나갈 수 있을 거라고 확신한다. 그것은 하나밖에 없는 자신만의 인생길, 남들과 똑같아지는 모범안이 아니다.

원래 나는 하고 싶은 게 엄청 많은 의욕적인 유형의 사람이 아니나. 비판적인 사고를 귀찮아하고 노력이니 근성도 약한 편이다. '좋다'고 느끼는 것을 적극적으로 선택하기보다는 '싫다'고 느끼는 것을 적극적으로 배제하며, 이를 소거한 후에 남은 것을 보고 나서야 비로소 내가 원하고 바라던 게 무엇인지를 깨닫는 그런 사람이다.

어른이 된 지금도 마찬가지다. 나 같은 유형이 의외로 많지 않을까 싶지만, 세상은 좀처럼 이런 존재를 용납해 주지 않으니, 사회의 끄트머리에 얌전히 앉아 있는 소수파처럼 보인다. 싫어하거나 원하지 않는 일은 억지를 써 가며 제멋대로 행동하는 인간은 '게으름뱅이다', '협력성이 없다'고 평가되기 때문이려나. 남들과 보조를 맞추지 않거나 똑같은 타이밍에 함께 노력하지 않으면 모난 돌이 정 맞듯 미움을 산다. 여러모로 주눅이 든다.

보통 성공한 사람들은 '생각하기 전에 행동으로 옮겨라!', '변명을 미리 생각해 두지 마라!'고 모두를 향해 훈시한다. 어떤 명령에도 시원시원하게 대답하고 고된 일에도 의욕이 가득하며, 누구에게나 붙임성 있게 싱글벙글 웃으며, 불평불만 없이 무슨 일이든 '하는' 인간이 좋은 인상을 준다.

그러나 생각하지 않고도 그렇게 행동할 수 있어야 한다는 말까지 들으면 고개를 갸웃거릴 수밖에 없다. 내가 단순 작업을 효율화하는 기계도 아니고, 생각하지 않고 좋은 결과를 내는 일이 운동을 하거나 악기를 다룰 때의 기초 동작처럼 그리 간단하지도 않은데, 말이 안 된다.

생각 없이 이것저것 더해 나가다 보면, 그 끝에서 우리는 인류 전체가 모든 일을 완벽하게 처리하는 미래를 맞이할 수밖에 없다. 상상만으로도 버겁다. 개개인의 장단점이나 기호를 존중받지 못하고, 지병이나 각자의 사정이 전혀 고려되지 않은 채 모든 사람이 의욕만 가지고 전방위적으로 풀가동되는 미래라니. 이 얼마나 살기 힘든 세상인가. 21세기는 인류가 전보다 게을러도 되는 시대가 아니었던가.

나에게는 고행인 일이 누군가에게는 너무 즐거워 천직으로 느껴질 수 있다. 그 반대의 상황도 마찬가지다. 눈앞에 있는 무수한 선택지를 하나하나 음미하면서 서로의 적성을 고려하여 잘하는 일들을 역할 분담한 후에 각자가 자신에게 어울리는 대가를 치르면 된다. 만인이 공통적으로 무리라고 동의하는 과혹한 노동 같은 경우에는 자동화하여 지구의 규모를 간소화하면 된다. 세계 경제가 그리 간단하게 돌아가지 않는다는 사실쯤은 알고 있지만 이건 마음의 문제다.

'모두가 하니까'라는 식으로 세상에 존재하지도 않은 완벽한 인간상을 목표로 삼고 의욕의 노예가 되기보다는 그만둘 의지를 발휘하는 쪽이 스트레스나 삶의 고단함을 훨씬 줄여 준다. '변명을 미리 생각해 두지 마라!'보다 '생각하고 그만두자!'가 훨씬 자기만족적이다. 이 같은 자세로 심플하게 자신만의 인생을 디자인해도 괜찮지 않을까.

￼

중학생 때까지 나는 의욕이 넘치는 우등생으로 살았다. 친구는 많아야 좋았고, 가능하면 만인에게 호감을 사려고 거울 앞에서 웃는 얼굴을 연습하기도 했다. 그러던 어느 날, 함께 손을 씻으러 가자는 친구, 함께 도시락을 먹자는 친구에게 내심 '싫다'는 감정을 느끼는 나 자신을 발견하게 되었다.

사실 친해지고 싶은 친구와는 정작 친해지지 못하고, 거리를 두고 싶은 친구와는 자꾸만 거리가 가까워졌다. 친구들은 나에게 '이것도 하자, 저것도 하자'고 요청하는 일이 점점 늘어 갔다. 그러면서 나는 욕구 불만이 쌓여 다른 반 친구를 찾아가 푸념을 늘어놓기 시작했다. 상황을 정리하다 보니 싫은 감정은 타인이 아니라 나 자신에게로 향해 있었다.

반복해서 그 친구를 험담하는 나 자신을 마주하는 일이 더 힘겨웠다. 타인의 결점에만 눈이 가는 이유는 나의 본성이 썩어 비굴한 탓이다. 그럼 어떻게 해야 조금 더 스스로에게 솔직해질 수 있을까? 답은 간단했다. 억지로 좋은 사람인 척 미소 짓지 않기, 마음이 내키지 않는 권유는 거절하기, 어색한 인간관계는 끊어 내기, 혼자 고독한 시간을 가지기. 그렇게 팔방미인이 되지 않겠다는 결심만으로도 매일의 우울함이 누그러졌다.

한동안은 교실 안에서 고립되기도 했고, 여럿이 움직이는 조별 활동에서 따돌림을 당하기도 했고, 옥상과 도서관 이외에 있을 곳이 없기도 했다. 그래도 상대와 연을 끊자 험담의 소재가 사라졌고, 적어도 자기혐오에 빠지지 않을 수 있었다. 어차피 졸업하면 동창생 대부분과 관계가 소원해질 텐데 관심 없는 상대에게 미움받아도 상관없었다. 타인의 사정에 휘둘리며 나의 인격을 개조하기보다 인간관계를 정리하고 나의 주변 환경을 바꾸는 편이 훨씬 유익했다.

성인이 된 후에도 비슷한 일이 있었다. 나는 야행성 인간에 속한다. 평소에 '아침에 일찍 일어나야지', '아침형 인간이 되어야지' 하고 목표를 세워도 매번 좌절하기 일쑤다. 그래서 뒤집어 생각해서 밤새는 것을 그만두기로 마음먹었다. 아직 잠이 오지 않아도, 읽다 만 책이 있어도, 스마트폰을 내려놓고 아이 마스크로 눈을 덮고 가능한 한 일찍 잠들기 위해 매일 노력했다. 1년 정도 지나자 서서히 기상 시간이 빨라졌고, 알람 시계도 필요 없어졌다. 또 식후에, 이동 중에 갑작스레 졸음이 덮치는 일도 줄어들었다.

왠지 모르게 아침형 인간이 친구가 많은 우등생처럼 깔끔하고 대단하고 멋져 보였다. 그래서 나도 아침 일찍 일어나고 싶은 욕구가 있는 줄 알았다. 하지만 내가 정말로 바라던 것은 양질의 수면 시간과 규칙적인 생활 리듬이었다. 아침에 일찍 일어나는 일은 여전히 어렵지만 아직까지 밤을 새지 않는 일은 무리 없이 지키고 있다. 정말로 원하던 것을 손에 넣었으니 더 이상 아침에 일찍 일어나기 위해 애써 노력할 필요가 없어졌다.

또 과도하게 걱정하지 않기로 했다. 줄곧 금전적인 부분에서 미래에 대한 불안감을 느꼈는데 절약이 아닌 낭비를 그만두고, 타인과의 비교를 그만두자 수중에 소유한 자산으로도 어떻게든 살 길을 찾을 수 있었다. 지금은 그 이상으로 돈을 벌 필요성을 느끼지 못한다.

다이어트도 마찬가지다. 당장 살을 빼지 않아도 건강에 큰 이상이 없다면 우리는 조금 더 자신의 응석을 받아 줘도 괜찮다. 파릇파릇한 청춘들에게는 내가 향상심 없는 인간으로 여겨질지 모르나 중년기에 접어들면 일의 우선순위가 바뀐다. 여러 욕망을 채우기보다는 자신의 신체가 간절히 원하는 음식만을 섭취하고 나머지는 남겨도 괜찮다고 생각한다. 아깝다는 마음을 행동의 구실로 삼지 않는다. '모두가 하는데 나만 안 하면 손해를 보지 않을까?' 하는 초조한 마음도 점점 사라진다.

✎✎✎

마흔을 눈앞에 두고 내가 그만둔 가장 큰일은 일본에서의 삶이다. 도쿄에서 태어나 서른다섯이 될 때까지 단 한 번도 다른 지역에서 살아 본 적이 없는데 마흔이 되어 처음으로 다른 지역으로 이주하게 되었다. 그것도 해외로 말이다. 지금까지 나는 일본어로 출간되는 잡지나 서적을 만들어 왔기 때문에 해외 거래처와 일해 본 경험이 거의 없었다.

지금은 인터넷 환경만 조성되면 어디에서든 일할 수 있는 시대다. 나노 편집사와 메일로 원고를 주고받으며 스카이프로 회의하는 등 이 책도 그런 과정을 거쳐 출간되었다. 내 남편도 오랜 세월 그런 방식으로 일해 왔다. 그렇다면 자신이 가장 기분 좋은 상태로 매일 편안하게 호흡하며 지낼 수 있는 지역으로 가서 살아도 괜찮지 않을까.

나는 현재 뉴욕에 거주하면서 미술 대학을 졸업하고 취업 비자를 취득해 그래픽 디자이너로 일하고 있다. 준비 기간은 2년이었고, 영어를 못해서 학생으로 돌아가 다시 공부했지만 어학력만으로는 취직이 어려워서 전문성이 높은 학위를 별도로 취득했다. 지금은 프로젝트 단위로 기업과 계약해서 보수를 받으며 일하고 있다. 일은 광고 대리점이나 디자인 회사의 사무실이나 집이나 여행지에서 원격으로 자유롭게 집행한다.

직장을 빙 둘러보면 대학 강사, 영상 작가, 비영리 단체 대표 등 나와 마찬가지로 또 다른 얼굴을 가지고서 노동 시간을 단축해 가며 일하는 디자이너가 적지 않다. 바쁜 시기에는 서로 일정을 조정한다. 부업이 금지된 회사에서 풀타임으로 근무하던 시절과는 일하는 방식이 완전히 다르다. 아직 성공하려면 멀었고 생활은 여전히 불안정하지만, 4년 전 일본에서 세운 인생 설계를 한 걸음 한 걸음 실현해 나가는 중이다. 물론 설계도에서 벗어난 항목도 있다.

나는 해마다 자연 임신의 가능성이 떨어지고, 따로 출산을 계획하지 않아서 아이를 낳는 일도 아마 없을 거다. 우리 부부는 뉴욕의 임대 아파트에서 지내는 생활에 만족하기 때문에 집도 안 살 거고, 차도 없기 때문에 운전도 안 할 거고, 외식도 많이 하기 때문에 집에서 밥도 거의 안 해 먹고, 집안일도 늘어질 수 있을 만큼 게으름을 피운다.

같은 시기에 일본의 또래 부부들은 대부분 집을 사고, 차를 사고, 정원을 손질하고, 아이를 키운다. 그러나 전 세계로 조금만 시선을 옮기면 여러 유형의 사람이 존재한다. 때마침 우리와 비슷한 때에 유학 생활을 한 사십 대 일본인과 유학비를 모으는 일이 힘들었다며 푸념을 늘어놓던 중에 그가 "우리는 도쿄 교외의 작은 중고 맨션을 사는 인생이 아니라 여기서 새롭게 출발하는 인생을 샀어. 그 비용은 비슷할 거야"라고 말했다.

결단을 하는 것과 안 하는 것은 표리일체다. 사실 새로운 도전이나 갓 세운 나의 규칙, 우리가 하는 것의 뒷면에는 무수하게 그만두어 온 것이 붙어 다닌다. 얻으면 놓는다. 놓으면 얻는다. 정답은 없으니 몇 번이고 다시 선택할 수 있다. 무언가를 시작하기에 그리고 그만두기에 너무 늦은 때란 없다, 앞으로의 인생에 여전히 여백은 많다. 가능한 백지상태로 더더욱 홀가분해지고 싶다.

02

하이힐을
벗어던지다

옷장의 높은 선반에 하이힐을 죽 진열해 놓았다. 접이식 사다리를 타지 않으면 손이 닿지 않는 위치로 특별한 때에만 꺼낸다. 도쿄에 살던 시절에는 일상적으로 신었던 7~9센티미터 하이힐이 지금 살고 있는 뉴욕에서는 거의 잠들어 있다. 이유는 정말 단순히도 도로 사정이 너무 나빠서다.

맨해튼은 여기저기에 지하철 환풍구가 뚫려 있고, 개의 분뇨나 음식물 쓰레기나 오수가 길 위에 널려 있고, 몇몇 거리는 200년 전의 울퉁불퉁한 돌층계가 그대로 남아 있다. 애초에 아스팔트가 거칠고 통행로 포장에 갑자기 균열이나 단층이 발생하여 돌연 구멍이 뻥 뚫려 있고는 한다. 뾰족한 하이힐은 금방 엉망이 되기 일쑤고 여기서 구두 수선에 드는 비용은 일본보다 비싸다.

도어맨을 불러 리무진을 호출해서 파티장의 레드 카펫에 도착할 때까지 스무 걸음 정도만 걷는 유명 스타로 살지 않는 한, 이리저리 뛰어다니기에는 세련되고 화려하고 손이 많이 가는 하이힐은 이 동네와 어울리지 않는다. 한여름에는 플랫 샌들이나 스니커즈, 겨울에는 신발 밑창에 방한 기능이 부착된 겨울용 롱부츠, 나머지 계절에는 흙이나 먼지를 간단하게 털어 낼 수 있는 싸고 튼튼한 쇼트 부츠, 즉 발목 아래의 미관은 깨끗이 단념하고 세련미는 장딴지 윗부분부터 신경 쓰고 신발은 매일 비슷하게 신는 게 현명하다.

같은 동네에 사는 대선배인 사쿠마 유미코의 《킬힐은 신지 않는다》에도 그런 이야기가 담겨 있다. 전력으로 달리지 않는다. 누군가의 도움이 없으면 비틀거릴 만한 킬힐을, 여기저기에서 여성이 강요당하는 갑갑한 기성 개념의 상징으로 바라보지만 부정형의 '신지 마라!'도 동조 압력의 '안 신고 싶죠?'도 아닌 '나는 이렇게 벗어 보았습니다'로 독자에게 말을 건네는 에세이다.

본문을 읽기 전까지는 '두 번 다시 ○○은 안 한다'는 결별 선언의 제목이라 생각했으나, 실제로 가끔은 하이힐을 신는다는 글을 보며 '아, 나와 같구나' 싶어 안심했다. 그저 일 때문에, 연애 때문에 열심히 신은 그 구두를 이제는 언제든지 스스로 신고 벗을 수 있다는 사실을 기억한다는 인상을 받았다.

납작한 구두를 신고 험한 길을 마구 걷다 보면 스스로 위축되는데, 이 같은 착각은 아무리 시간이 지나도 쉽게 사라지지 않는다. 왜일까? 젊은 시절의 나는 발을 혹사하면서까지 매일 하이힐을 신었다. 내 눈높이를 실제보다 몇 센티미터 위에 두고 세상을 바라보고 싶었기 때문이다. 실제보다 커 보이고자 굽이 높은 구두를 이용해 말 그대로 세상을 향해 발돋움했다.

하이힐을 벗은 후에 '내 등신대가 본래 이렇게 작았구나' 하고 깨닫는다. 맥이 빠진다. 그리고 내 중심이 의외로 아래쪽에 안정되어 있음을 발견한다. 바람이 불면 날아갈 듯한 소녀의 발걸음과 달리, 단전으로 육체를 움직이는 듯한 느낌이다. 어깨로 바람을 가르며 걷는 생기발랄함은 잃었을지 모르나, 어지간한 일로는 삐거나 넘어지지 않는 대지에 깊이 뿌리박은 듯한 관록을 얻은 기분이다.

미국 여성은 틈만 나면 하이힐을 벗는다. 영화 〈라라랜드〉의 여주인공도 파티가 끝나자마자 바로 하이힐을 벗고 신발을 갈아 신었다. 다음 장면에서 춤을 추기 위한 시퀀스였겠지만, 뉴욕에서 데이트나 파티를 오갈 때 나는 이처럼 행동하는 여자들을 자주 목격했다. 하이힐은 걷기 위한 신발이 아니라는 취급이다.

평일 낮의 사무실에서도 당연하다. 일류 기업의 북적대는 빌딩 엘리베이터에서 연봉이 높아 보이는 전문직 여성이 명품 가방에서 회심의 펌프스 한 켤레를 불쑥 꺼낸다. 보수적인 정장과는 어울리지 않는 헐거워진 발레 슈즈나 스니커즈를 벗고 하이힐로 갈아 신은 다음 다시 서류, 지갑, 노트북과 함께 가방에 집어넣는다. 목적지 층에 도착하자 태연한 얼굴로 '또각또각' 소리를 울리면서 단골 고객과의 거래가 있을 상담실로 향한다. 흔한 광경이다.

아무 데서나 홀렁 갈아입기가 아니라 홀렁 갈아 신기다. 보기에 썩 아름답지는 않으나 흠잡아 화낼 만큼의 버릇없는 행동이라 여겨지지 않는다. 나는 하루 종일 하이힐을 신고 돌아다니는 일이 얼마나 힘든지 몸소 겪어 보았다. 승부가 걸린 중요한 내기일 때만 딱 착장하고 나머지는 가능한 한 벗어 두고 싶은 무기다. 하루에 몇 건의 회의를 수행하는 직장인 여성이라면 이동 시간은 스니커즈로 돌아다니는 편이 이치에 맞다. 때에 걸맞게 제대로 하면 된다.

니시무라 시노부의 일상 에세이 《시모야마테 드레스 별실》에 나오는 '멋은 발바닥'이라는 에피소드가 떠오른다. 실내에 있을 때 발가락 양말과 덧신을 철저히 챙겨 신으면서 스트레칭도 빼먹지 않고 발바닥 건강에 신경 썼더니 젊은 시절에는 아파서 신고 걸을 수 없었던 10센티미터 명품 하이힐을 나이를 먹은 지금은 척척 신고 걸어 다닐 수 있게 되었다는 이야기다.

어릴 때에 그녀가 그리는 한결같이 눈부시게 화려하고 쾌활한 패션 도락의 모습을 동경했는데 중년이 되어 가만히 다시 읽어 보니 눈길이 가는 부분이 바뀌었다. 무엇보다도 그녀는 건강에 신경 썼다. 또 '하이힐을 안 신는 건 멋의 영혼을 버리는 짓이다'라고 꾸짖기보다 '나이가 들어서도 좋아하는 하이힐을 멋스럽게 신고 싶다면 타성에 허우적대는 일은 그만두세요'라고 타이르고 있었다. 나도 사십 대를 다 보내기 전에 이 같은 빼기의 기술을 익히고 싶다.

앞으로 이십 대 때처럼 매일 하이힐을 신고 나가는 일은 없을 것이다. 완전히 습관화되어 있던 그 행위는 무의식중에 등신대를 속이는 목적이 강했음을 이제야 겨우 깨달았다. 그럼에도 낡은 하이힐을 버리지 않는 이유는 소중히 간직해 두고 싶은, 몸을 고통스럽게 하지 않는 선에서 여전히 신고 싶은 마음이 가득하기 때문이다. 또 비일상적인 나를 마주하거나 허세를 한 단계 끌어올리고 싶어지는 날이 있다. 또 멋지게 늙다 보면 쉰 살, 예순 살, 일흔 살의 어느 날에 레드 카펫을 밟게 될 수도 있지 않을까.

03

쇼핑으로 다 채울 수 없는
마음의 공백

어릴 적에 가수 마츠토야 유미와 마돈나, 영화배우 오드리 헵번, 패션모델 야마구치 사요코 같은 인물이 되고 싶었다. 중학생 때는 노래방에서 좋아하는 아이돌의 노래를 따라 부르는 것을 좋아했고, 선배를 동경해서 양말 신는 방식까지 따라하기도 했다. 또 모델 사진을 오려서 미용실에 들고 간 적도 있다.

그러다가 눈이 탁 뜨이는 일이 있었다. 2003년에 가수 마츠우라 아야가 책을 출간했는데, 그녀는 '아이돌 사이보그'라는 수식어가 따라붙을 만큼 항상 팬들에게 완성도 높은 퍼포먼스를 보여 주기로 유명했다. 나 역시 그녀의 팬이었다. 매번 그녀의 퍼포먼스에 탄복하던 나는 무대 뒤를 보여 주는 메이킹 필름 같은 책이 나오기를 기대했다.

그런데 아쉽게도 그 책은 십 대 소녀들을 타깃으로 만들어져 '이렇게 하면 당신도 마츠우라 아야가 될 수 있습니다'는 식으로 내용이 구성되어 있었다. 나는 당시 스물세 살이었고, 막 취업 활동을 끝내던 참이었다. 책의 강렬한 카피를 보고 '아니, 나는 내년 봄에 회사원일 텐데. 이 책만 읽으면 마츠우라 아야가 될 수 있다고?' 멍하니 생각했다. 결국 나는 그 책을 내려놓았다.

예전부터 줄곧 동성의 연예인을 좋아하던 이유는 그녀처럼 되고 싶은 마음이 있었기 때문이다. 그게 당연한 줄 알았다. 그러나 스무 살이 지난 후에 겨우 깨달았다. 마츠우라 아야를 좋아하는 마음과 마츠우라 아야가 되고 싶은 마음은 비슷해 보이시만 선혀 다른 종류리는 사실을 말이다. 섬이이 된 나는 여전히 그녀의 프로 의식에서 배우고 싶은 점이 많지만, 그녀를 맹목적으로 모방하고 싶지는 않다.

문득 정신을 차리고 주위를 둘러보니 세상에는 '○○이 되고 싶다'는 사람들의 동경을 부채질하며 그 욕망을 이루어

줄 상품과 서비스를 구매하도록 독려하는 시스템이 넘쳐 났다. 건강미 넘치는 선남선녀 모델이 식품을 들고서 미소 짓는 광고 사진은 '이것을 사 먹으면 당신도 아름답고 건강해질 수 있다'는 메시지를 내뿜었다. 설령 과하게 섭취해서 건강을 해칠 우려가 있어도 이상적인 이미지를 상품과 함께 선전하면 모두 혹할 수밖에 없다.

세상 이치에 밝은 여성들조차 미용실에 가서 "○○처럼 잘라 주세요"라고 말한다. 나이 지긋한 남성들도 스티브 잡스의 말투나 이치로의 수면 시간을 따라 하고 사카모토 료마의 명언을 인용하며 능력 있는 비즈니스맨의 생활 습관에 관한 책에 밑줄을 긋는다. 더 나아가 '나는 해적왕이 될 거야' 같은 만화 《원피스》 주인공의 명대사를 외치듯 자신들의 이야기를 뜨겁게 주고받는데, 목표를 입 밖으로 꺼내는 일도 성공한 사람들의 수법을 모방하는 일 중 하나인 듯하다.

아이돌 그룹이 빠르게 변하고, 대중 매체는 텔레비전에서 잡지 그리고 인스타그램으로 모습이 바뀌어도 결국 같은 시스템 안에서 시장은 계속 돌아간다. 사람들은 그 안에서 계속해서 소비를 재촉당할 뿐이다. 시장은 패션, 메이크업, 운동, 공부, 주식 투자 등의 성공 사례를 거론하며 이대로 따라 하면 여러분도 똑같이 될 수 있다고 유혹한다. 실용서에는 보고 따라 할 내용이 순서대로 빽빽이 적혀 있다. 사야 할 상품도 많다. 《○○만 하면 다이어트》같은 책은 쉽게 베스트셀러가 된다. 매일 해야 할 일투성이다. 하지만 모두 습관을 들이지 않으면 무용지물이다. 그런데 정말로 그럴까?

사회인이 되고서 능률적인 일의 방식에 대한 해설서를 몇 권 읽었다. 그중에서 가장 감명받은 것은 어느 한 성공자의 '하는 것보다 하지 않는 것을 결정하세요'라는 가르침이었다. 누가 이 말을 시작했는지는 잊어버렸다. 그 사람이 되고 싶은 건 아니니까. 그리고 이 말을 내 식으로 해석해서 '좋아하는 사람에게서 빼기를 배우자'고 결심했다. 더하기 모방을 그만두고 빼기 모방을 하는 것이나. 타성을 끊어 내면 그만큼 시간과 돈을 절약할 수 있으니까, 남는 시간과 돈은 자신다워지는 일에 쓰면 된다.

♪♪♪

일러스트레이터 마츠오 타이코가 1년간 정장을 구매하지 않기로 다짐하며 책을 냈다. 이른바 '패션 단식'을 선언했다. 타이틀만 보면 어려워 보이나 자세히 읽어 보면 방법이 여러 가지가 준비되어 있다. 우선은 100일.

　나도 할 수 있을까, 의심하며 도전해 보았는데 100일 정도는 어렵지 않게 지속할 수 있었다. 옷을 새로 사지 않기로 결심하고서 스타일을 진지하게 고민하자, 옷장에서 도무지 활약의 기회를 얻지 못해 파묻혀 있던 옷들의 존재가 서서히 드러나기 시작했다.

　만져 보면 두근거림이 느껴지지만, 헌 옷 가게에서 비싸게 팔릴 듯하지만, 지금 여기 거울 앞에 서서 곤란해하는 나에게는 별 도움이 안 되는 옷. 한 장만 입을 수 있는 것처럼 보여도 실제로 이너, 액세서리, 신발에 엄청 공을 들이지 않으면 폼이 나지 않는 화려한 옷. 편안히 쉬고 싶은 휴일에 입어야지 생각했으나 아무리 시간이 지나도 그런 날이 오지 않아 오히려 스트레스가 된 옷.

　아끼는 옷이 잔뜩 걸린 옷장 속에서 발생하는 모순을 발견하면서 나는 거기서 빼기를 제거해 나갔다. 과거의 나와 미래의 나 사이에서 완결해 나가는 틀린 그림 찾기 게임 같았다. 그리고 당장 부족한 옷은 '이런 소재에 이런 기장의 윗옷' 같은 조건을 구체적으로 만들어 두었다. 문득 옷을 입다가, 브랜드는 상관없고 감색 반소매 티셔츠는 꼭 필요할 거 같아서 근처로 사러 달려 나간 게 약 100일 후였다.

유행에 민감한 사람들과 똑같은 옷을 많이 사는 더하기 모방에서는 지금껏 배울 게 없었다. 하지만 빼기 모방은 이번 여름에 이런 색상의 상의가, 이번 겨울에 이런 형태의 바지가 머스트 헤브 아이템이라는 식의 선전 문구에 놀아나는 경우와 전혀 다른 관점의 쇼핑이었다.

솔직히 말하면 아직도 불필요하게 옷을 사는 습관을 버리지 못했지만, 종종 탈의실 안에서 '혹시 지금도 100일 도전을 한창 진행 중이었다면 이 옷을 샀을까?', '이 옷도 황급히 산 감색 반소매 티셔츠만큼 잘 입을까?' 하고 스스로에게 물어본다. 대부분의 경우에 '아니다'로 끝이 난다. 이 과정만으로 충동구매가 상당히 억제된다.

앞으로 죽을 때까지 옷을 한 벌도 사지 않겠다고 맹세할 일은 없겠지만, 여차하면 다시 단식하면 된다는 생각만으로 옷장의 통풍성이 좋아진다. '하기'와 달리 '안 하기'의 모방은 들은 그대로 전부를 실천하지 않더라도 당장 도입해 그 효과를 실감할 수 있다. 그 점이 참 좋다.

거리에서 멋진 여성을 발견한다. 이번 시즌에 나도 저런 색상의 원피스를 입고 싶어서 그녀의 옷을 유심히 관찰한다. 지적인 사람이 읽는 책에 관심이 가고, 미식가가 먹는 음식이 궁금하다. 내가 아닌 다른 사람이 되고 싶은 게 아니라는 깨달음을 분명히 얻었는데도, 지금도 타인을 갈망하고 동경하는 마음이 여기저기에서 가끔씩 확 불타오른다.

한 걸음 물러나 다른 시선으로 바라본다. 선명한 옷의 색상에 눈이 먼저 가는 건 쓸데없는 액세서리를 하지 않았기 때문이라거나, 가방에서 책을 꺼냄과 동시에 스마트폰을 넣는 이유는 독서 도중에 만지작대지 않기 위해서라거나. 이렇듯 부러워하는 상대의 '하고 있는 것'이 아니라 '하고 있지 않는 것'에 주목해서 배우고 따라 할 만한 부분을 찾아 연구하자, 놀랄 정도로 많은 것을 발견할 수 있었다.

동경의 더하기에는 한계가 없으나 동경의 빼기는 '0' 앞에서 반드시 멈춘다. 누군가의 아이디어를 도입해 나갈수록 본보기의 카피가 아니라 개성이 두드러진다. 참고로 마츠우라 아야는 현재 결혼과 출산을 계기로 연예 활동을 사실상 쉬고 있다고 한다. 그녀를 사라졌다고 말하는 사람도 있지만 나는 그녀가 절정기에 아이돌로서 '한' 것과 마찬가지로 단호히 '그만둔' 것에 대해서도 멋지다고 생각한다. 오히려 그 부재로 인해 그녀는 지금까지 누구도 따라 할 수 없는 존재감을 내뿜고 있다.

옷도 단식할 필요가 있다. 여차하면 다시 단식하면 된다.

그 같은 결심만으로 옷장의 통풍성이 좋아진다.

04

가장 무용한 일,
나이 세기

　나는 1980년 1월생으로 2000년에 딱 스무 살이 되었다. 연도의 뒷자리수를 보면 내 나이를 알 수 있어서 아무렴 내가 나이를 착각하는 일은 없을 거라 생각했다. 이변이 일어난 건 요 몇 년이다. "결혼 몇 년 차예요?"라는 질문에 계산이 잘 안 돌아간다. 결혼한 지 대충 3, 4년 지난 것 같으나 자신이 없다. 서른두 살에 첫 회사를 그만두고 다음 해 봄에 결혼했으니 당시에는 확실히 서른세 살. 현재 나이에서 33을 빼고 1을 더하면 몇 년 차인지 알 수 있다. 그래서 지금이 몇 살이었더라? 애초에 지금이 몇 년도였지?

　바로 대답을 못 하는 건 비단 내 나이만이 아니다. 남편부터 부모님, 언제 보아도 아기 같은 조카, 바로 며칠 전에 다녀온 생일 축하 파티의 주인공이었던 친구까지 그들이 몇 살인지 생각해 내는 데 상당한 시간이 걸린다. 나이를 세는 일에 점점 뇌의 리소스를 할애하지 못하는 것이다.

마지막으로 정확히 나이를 의식한 게 언제였는지 생각해 보니 이십 대 말이다. 스물아홉에서 서른으로 앞자리가 바뀌었을 때. 여름 막바지에 바다를 보러 간 것을 시작으로 출장, 동창회, 라이브 등 옷 정리에서 가전제품 교체까지 무엇을 하든 '이십 대의 마지막'이라고 의미를 부여했다.

줄곧 '2'로 쓰기 시작하던 나이란에 착각하지 않고, 방황하지 않고 '30'이라는 숫자를 기입하기까지 몇 개월이 걸렸다. 겨우 내려놓게 된 때가 '31'로 바뀐 후였다. '32'라는 숫자도 기억하는데, 그 이유는 그때 회사를 옮겼기 때문이다. 그러나 생활에 변화가 생기면서 경황이 없어지자 이후로는 나이를 잊고 지냈다. 이십 대의 끝자락이자 삼십 대의 시작, 아마 이즈음부터 나는 나이를 성실히 세지 않게 되었다.

서른 살 생일에 쓴 일기를 보면, 그때의 나는 뮤지컬 영화 디브이디를 보고 분위기에 한껏 취해서 전년도 겨울 코믹마켓(매년 겨울에 개최되는 만화 동인지 즉석 판매 모임)에 출전한 동인 서클 친구와 다코야키 파티를 열어 케이크로 생일 축하를 받았다. 돌아가는 길에 주간 〈소년 점프〉를 샀는데 좋아하는 만화가 첫머리에 장식되어 있어 기뻤고, 별로 대단할 것 없는 덕후의 일상이자 즐거운 주말이었다. 특별한 축제의 모습에 대한 기록은 없었다.

일기에 적혀 있지 않은 일도 있다. 그 무렵에 나는 남자와 이별하고 새로운 남자를 찾으려다가 호되게 실패를 반복하고 있었다. 학자금 대출에서 해방되고서 '그동안 무엇을 위해 일했더라' 하고 실이 끊어진 연 같은 기분도 들었다. 저축하려고 목표를 세우다가 갑자기 해외 유학과 맨션 구입 자료에 관심을 가지기도 했다.

'이대로 같은 사람과 연애하고 결혼하고, 같은 회사에 계속 다니면서 아이를 낳아 기우겠지' 하는 미래 에'닝도기 소리를 내며 무너진 게 스물아홉 살이다. 다시 처음부터 미래에 대한 그림을 새로 그리는 일에 진절머리가 나서 망연자실하던 시기다. 무엇인가를 새롭게 도전하기에는 어느 것 하나 오래 지속하지 못하는 나 자신에게 싫증이 났다. 더 이상 젊어질 수 없는데 아무런 극적인 변화도 일어나지 않고 해야 할 일만 늘어갔다.

그때 나는 진지하게 고민하는 듯 보여도 이 모든 게 전부 쓸모없다고 생각했다. 정말이지 미숙하고 평범한 이십 대 다운 고뇌에서 해방되기 위해 얼른 서른이 되고 싶었다. 지극히 평범하게 보낸 생일의 주말이었지만 나는 결의를 다졌다. 하지만 '삼십 대에도 지금처럼 쓸모없는 것들을 고민하면 어쩌지?' 하는 생각에 걱정도 되었다.

◢◢◢

《세서미 스트리트》의 카운트 백작은 눈앞에 무언가를 발견하면 세지 않고는 못 배긴다. 겨자씨 같은 자잘한 것을 뿌려 두면 부적(흡혈귀가 그것을 세는 사이에 아침이 된다)이 된다는 전승이 기본으로 깔려 있다. 나는 어린 시절에 그와 함께 수를 세는 것을 좋아했다. 새해에 받은 용돈을 항상 전부 세었다. 입춘 전날 밤인 세츠분에는 내 나이 수만큼 먹는 콩을 부지런히 세었다. 크리스마스의 어드벤트 캘린더(advent calendar)를 하나씩 열어 보는 것도 몹시 즐거웠다.

수를 세는 일이 즐거운 이유는 셀 때마다 수가 증가하기 때문이다. 하나가 둘로, 둘이 셋으로 숫자가 올라갈수록 푸짐해지는 모습을 보는 일은 기쁘다. 그래서 예전에 어른들이 '생일을 맞이하는 게 우울하다'고 할 때 그 기분을 온전히 이해하지 못했다.

소녀에서 어른이 되면서 세상을 바라보는 방식이 바뀌었다. 나이는 무한으로 증가할 수 없다. 동창회가 거듭 열리는 와중에 갑작스런 병이나 사고로 일찍 죽은 소꿉친구의 나이는 향년보다 증가하는 일이 없다. 의사소통이 어려운 중병 환자는 실제 나이보다 투병 연수, 선고받은 여명이 먼저 소개되기도 한다. 항상 1 다음은 2, 2 다음은 3처럼 순서대로 진행되지 않는다.

"여든까지 산다고 가정하면 마흔은 정확히 반환 지점이다"라고 말하던 연상의 친구가 정확히 2016년, 나이 마흔에 갑자기 세상을 떠났다. 나는 지금도 그녀가 도쿄에서 잘 지내고 있는 듯하다. 하지만 '살아 있는 것은 당연하지 않다'는 이 문장이 계속해서 나의 몽상을 때려 부순다. 이 글의 주인공은 아마미야 마미다.

당시에 서른여섯인 나도 마흔을 인생의 큰 고비로 받아들였다. 그러나 부고를 접하고 한동안 망연해하던 끝에 나는 마흔을 반환 지점이라 여기는 사고방식을 그만두었다. 우리는 인생의 남은 시간을 절대로 정확히 셀 수 없다. 여든까지 산다는 보증도 없을뿐더러 오늘 밤 잠들었다가 내일 그대로 눈뜨지 못할지도 모른다. 그래서 '뭐 어쩌라고'의 강한 태도로 반환 없는 외길을 가능한 후회 없이 나아가는 수밖에 없다. 그 것은 자기 자신과의 작은 싸움의 축적이지 인류 전체로 평균을 낸 수명과는 사실 아무런 관계도 없다.

같은 시기에 도미야마 유키코가 〈마흔 전에 멋쟁이가 되고 싶다!〉는 칼럼을 써서 책을 출간했다. 지금껏 손을 대지 않았던 패션에 과감히 도전해 나가는 연재였다. '서른다섯부터'라고 제안하는 순간부터 이후로는 절대 실패하면 안 된다는 강박 관념에 사로잡히는데 '마흔 전에'라고 표현하면 쫓기는 느낌도 없고 서른여섯도 서른아홉도 부드럽게 감싸는 느낌이 드니 '잠시 발버둥 쳐도 좋고 실패해도 괜찮다'는 긍정적인 메세지까지 전달받을 수 있다.

나는 나와 동 세대인 두 사람의 등을 뒤좇으며 '마흔 전에는 일일이 나이를 세며 끙끙 앓지 않는 어른이 되고 싶다'는 사실을 깨달았다. 어깨에 힘을 빼고 "어느새 마흔이 되었네"라고 말하며 웃는 이상적인 모습을 꿈꾸었다. 매일 작지만 치열하게 나이 듦에 따라 수반되는 불안을 적극적으로 끊어 내기 위해 노력했다. 하지만 나이를 세는 일을 그만두어도 그 존재를 무시하거나 그로부터 영원히 도망칠 수는 없었다.

♪♪♪

동양인인 나는 노안(老顔)인 서양인들 사이에서 무척 동안이다. 술을 살 때 신분증을 제시하지 않으면 안 될 정도로 어려 보인다. 나는 결혼 6년 차이고, 사회인 경험은 얼추 15년 가까이 되어 간다. 그들은 실례를 무릅쓰고서라도 나이를 확인하고 싶은지 항상 나에게 "몇 살이에요(How old are you)?"라고 묻는다. 그럼 나는 "서른 이상이요(I'm over 30)"라고만 답한다.

요즘에는 "마흔 즈음이요(Almost 40)"라고 말한다. 거짓말은 하지 않는다. 숨길 생각도 없다. 다만 애송이로 생각해 깔보는 상대에게는 충분한 놀라움을 안겨 주고 싶다. 반대로 경험이 적은 업무 상대에게는 과도하게 위압감을 풍기지 않을 수 있는데, 이 점이 참 좋다.

나는 1년마다 의례적으로 하던 나이 신고를 그만두었다. 또 연상과 연하의 경계도 허물어 버렸다. 빠른 생일을 고집하는 것도 그만두었다. 또 나중에 하려고 일정을 뒤로 미루던 일도 그만두었다. 미루지 않고 당장 하기로 했다. 무엇이든 지금 시작하기로 했다. 전부.

어떤 일을 그만두는 것도, 하는 것도 모두 미래의 자신을 위해 멀리서 희미해 보이는 목표를 눈앞으로 확 끌어당기고자 함이 아닐까. 나는 어제보다 오늘 더 홀가분해지고 싶다. 나의 바람대로 앞으로 나의 마흔은 서른의 생일날처럼 담담히, 가벼이 흘러가길.

05

다 같이
늙어 가는 마당에

동경의 대상, 이상적인 인생, 본보기가 되고 싶은 사람들은 막연하지만 때때로 미묘하게 모습을 바꾼다. '저렇게 나이들고 싶다'고 꿈꾸게 만드는 여자 선배들 중에는 젊은 나이에 크게 성공해 지금까지 제일선에서 활약하는 사람도 있고, 꾸준히 한 가지 일을 하다가 뒤늦게 인정받은 사람도 있다.

겉모습을 좇아서는 그녀들처럼 될 수 없다. 그녀가 입은 옷의 가격을 알아내도, 그녀가 하고 다니는 절묘한 색 조합의 화장법을 배워도 그 사람에게 어울리는 것들이다. 나의 체형과 피부색에는 전혀 어울리지 않을 수 있다. 또 매일 아침 그들을 따라서 조깅을 뛰어 보았자 몸이 먼저 만들어져 있지 않으면 자칫 무릎이 다칠 수 있다.

업무 기술도 마찬가지다. "그 성공을 거두기 위해 무엇을 했나요?"라고 질문하면서 제아무리 그들을 뒤쫓아 다녀도 이미 세상에 출시된 혁신적인 아이디어를 재탕하는 일밖에 안 된다. 만약 정말로 그 사람과 똑같이 되고 싶다면 그 사람과는 전혀 다른 독창적인 방법으로 일해야 한다.

내가 동경하는 어른 여성들은 모두 하나 같이 당당하고 안정적이며 인생의 고민이나 방황 따위는 전혀 없다는 듯이 매사에 자유로워 보인다. 반대로 현재 나에게는 마흔, 쉰을 넘기기 전에 이 같은 문제 때문에 일일이 걱정하거나 고민하고 싶지 않은 인생의 무거운 짐이 너무 많다.

모든 것을 한 번에 정리하기는 어려워도 조금씩 가벼워지고 싶다. 특히, 나이를 먹으면서 몸에 가해지는 부담을 힘껏 피하고 싶다. 젊을 때는 당연히 좋아하던 것들을 점점 육체가 따라가지 못함을 요즘 들어 현저히 느낀다.

▲▲▲

늦은 밤에 해장하러 라면 가게로 달려가는 후배들과 역 앞에서 헤어진다. 묵직한 낡은 코트가 귀찮아진다. 내근하는 날에는 화장할 기력도 없다. 이런 일들에 예전의 나는 '큰일이다, 늦었다'며 초조해했다. 소녀 시절의 주체할 수 없이 반짝이던 팔팔한 에너지를 잃어 간다면서. 그럴 때마다 마음을 안정시키기 위해 반복적으로 떠올리는 순간이 있다.

스물여덟 무렵 한 동인지 즉석 판매 회의 기업 부스에서 근무할 때의 일이다. 휴식 시간에 분주하게 회장을 둘러보는데 언뜻 지극히 아가씨로 보이는 참가자가 2리터짜리 페트병에 담긴 보리차를 병째 들고 마시면서 걸어가는 모습을 보았다. 참으로 귀여운 여자아이였다. 스무 살 안팎 정도 되려나, 하늘하늘한 옷에 단정한 차림새의 그녀는 남자아이들에게 제법 인기가 있을 용모였다.

그녀는 전리품으로 가득 찬 토트백을 껴안은 채 영화배우 쇼후쿠테이 츠루베 사진이 붙은 거대한 페트병을 한 손에 늘고 벌컥벌컥 늘이기며 큰 보폭으로 일사불란하게 돌아다녔다. 그녀는 보통의 아가씨가 아닌 정예의 덕후였다.

덕후에게는 항상 시간이 부족하다. 돈도 충분치 않다. 조금이라도 여유가 생기면 모두 도락에 소비해야 하기 때문에 우선도가 낮고 실익이 발생하지 않는 불필요한 비용은 사정없이 끊어 버린다. 그때만 카리스마 경영자처럼 판단력이 높아진다.

베란다에서 키운 허브로 우린 차를 세련된 물병에 담아서 들고 다니는 일은 어렵지 않으나, 그럴 여유가 있으면 차라리 좋아하는 동인지와 제인 마플 원피스에 쏟아붓고 싶다. 500밀리리터의 차를 네 번이나 사러 가는 것은 비싼 값에 비해 비효율적이다. 오늘 같은 날에 중요한 일은 열사병으로 쓰러지지 않기 위해 바지런히 수분을 보충하는 것, 오로지 그뿐이다.

고민한 끝에 나온 최소한의 수단이 2리터짜리 보리차를 벌떡벌떡 마시기다. 이후 그 여자아이는 나에게 합리성에 대해 생각해 볼 만한 제일 구체적인 본보기를 제공했다. 좋아하는 것에 완전히 몰두한 덕후밖에 없는 공간에서 터질 듯한 그녀의 젊음은 보리차 정도로 조금도 손상되지 않았다.

이건 늙은 게 아니다. 생각해 보면 늦은 밤에 라면을 먹고 싶은 게 아니다. 코트는 가볍고 따뜻한 게 제일이다. 매일 화장하지 않아도 안 죽는다. 하이힐은 신어도 몇 시간이 한계다. '멋은 인내심이다'라고 말한 인간은 도대체 누구인가. 나는 대체 누구를 위해, 무엇을 위해 인내하는가? 아니, 왜 강제로 참아야 하는가?

'꼴사납다', '상스럽다', '여자이길 포기했다'도 아니다. 무언가를 그만두는 것은 그저 인생의 비용 절감을 단행하는 일에 지나지 않는다. 무엇을 위해? 누구를 위해? 자신의 시간과 개인의 행복을 최대화하기 위해. 문득, 분명 나보다 어린 그 페트병을 벌컥벌컥 들이키던 여자아이가 그 길의 선배라는 생각이 든다.

♪♪♪

무수한 선택지 중에서 자신이 좋아하고 자신에게 어울리는 삶의 방식을 제대로 선택할 수 있는 사람. 특정한 취미 분야에 끝없이 열정을 불태우고 그 이외의 쓸데없는 일로 고민하지 않는 사람. 세상의 눈을 신경 쓰지 않고 타인과 자신을 비교하지 않으며 자신감을 가지고서 지금이 가장 행복하다고 스스로에게 단언할 수 있는 사람. 어린아이 같은 순수한 호기심을 가지고 사물의 본질을 파악하는 통찰력을 지닌 사람. 정보의 홍수에 빠지지 않고 헤엄쳐 나갈 체력과 불필요한 것은 깨끗이 버릴 줄 아는 냉철한 안목을 겸비한 사람.

이같이 넋을 잃고 바라볼 만큼 매력적이고 스스로 반짝이는 그런 사람들과 운 좋게 천천히 이야기할 기회가 생기면, 그때 자연스레 물어보아도 좋을 듯하다. "요즘 들어 그만둔 일이 있나요?" 하고 말이다. 우리는 나이 들면서 마주하는 상실을 두려워할 필요가 없다. 빛나는 에너지가 쓸데없는 곳에 낭비되지 않고 끝까지 반짝일 수 있도록. 목표를 향해 달리는 도중에 인생이 피폐해지지 않도록. 경험의 축적에서 획득한 합리적 판단을 믿고 큰 보폭으로 꿋꿋하게 거침없이 나아가야 한다.

06

하늘의 계시는
적당히 잊기로 했다

가수 히로세 코미가 자신의 노래 〈로맨스의 신〉에서 잘 들어맞는 별자리 운세에 야유를 보인 것은 1993년의 일이다. 이 히트곡을 흥얼거리면서 당시 중학생이던 나는 '점이 들어맞아 이번 주에 당장 행복이 찾아온다면 다음 주부터는 그런 걸 읽을 필요가 없겠네'라고 속으로 생각했다. '그런데'라고 해야 하나, '그렇기 때문에'라고 해야 하나 역시 그만둘 수 없었다.

예전에 잡지를 볼 때 별자리 운세는 빠짐없이 꼭 읽었고, 방송 프로그램에 오늘의 운세가 나오면 하던 일을 멈추고 넋을 놓고 텔레비전을 보았다. 월말에 업무 운이 상승하고, 주 초반에 운명적인 만남이 있고, 행운의 색상은 보라색, 행운의 아이템은 개구리 관련 상품 등 운세를 읽으면 읽을수록 '마, 말도 안 된다'고 생각했다.

나의 운명이 개구리 상품에 의해 좌우된다니, 도저히 있을 수 없는 일이다. 하지만 자진하여 본 이상, 얻은 정보는 잘 활용해야 한다는 기분이 든다. 그래서 '주 초반, 보라색, 개구리'를 열심히 되뇌면서 집을 나서지만, 전철을 탈 때쯤에는 완전히 잊어버린다. 당연하다. 너무 무작위적이고 터무니없다. 구구단 암기보다 어렵다.

서양 점성술, 손금, 관상, 사주팔자, 별자리, 혈액형, 타로 카드, 풍수, 해몽 등 구체적인 정보를 하나도 못 떠올리면 처음부터 안 보면 되는데 자꾸 점쟁이의 말을 보게 된다. 언젠가 맞을지도 모르는 적중의 점괘를 바라며 계속 빗맞아도 계속 진실로 받아들이는 척한다. 어쩌면 우리는 점을 믿는다기보다 믿는 척하기를 그만두지 못하는 거다.

방황할 때, 인간은 누구나 하늘에 운을 맡기고 자신 이외의 존재로부터 받은 계시에 사물의 판단을 통째로 내던지려 한다. 그런 행위를 모두 좋아한다. 타로 카드를 젖히며 깊이 생각하는 여성도, 한순간에 결정되는 동전 던지기 앞뒤의 결과에 얌전히 따르는 남성도, 양 갈래로 갈라진 길에서 막대를 던져 방향을 정하는 미아도.

　　이론으로 밀고 나아가는 바둑이나 장기의 대국에서조차 바둑알 움켜쥐기나 장기알 던지기의 결과로 선수와 후수를 정한다. 공평성을 위해 우연에 결과를 맡기는 게 정식 규칙이다. 그뿐만 아니라 대국 상대가 없는 1인용 게임에서도 이런 내기의 요소를 가하는 경우가 있다.

　　예산 초과의 고액 상품을 구입할 때 다른 매장을 이리저리 둘러보며 시간을 번 다음 '그 가게로 돌아가 아직 상품이 남아 있으면 산다'고 모험해 본 적이 있는가? 혹은 큰 결단을 내릴 때 '저 문을 열고 제일 처음 들어오는 사람이 남자면 하고 여자면 안 한다'는 조건을 걸어서 갑자기 도박을 시작하는 사람도 있다. 원하는 물건은 처음부터 바로 사고, 하고 싶은 일이 있으면 바로 하면 되는데 우리는 일부러 우연을 가장한 상황에서 하늘의 지시를 찾아내려 한다.

　　매일 일정한 수준을 유지해야 하는 운동선수나 연주가는 대부분 모든 일에 있어서 미신을 중시한다. 예를 들어 신발은 반드시 오른발부터 신어야 어젯밤과 똑같은 공연을 오늘 밤에도 할 수 있다고 믿는다. 이 역시 척하기라고 생각되지만 그만두지 못하는 심리도 충분히 이해한다. 너무나 오래 이어온 신과의 운수 캐치볼은 그리 간단히 끊어 낼 수 없다.

　　점, 동전 던지기, 징크스 모두 마찬가지다. 인생의 행운과 불운은 자신의 힘만으로는 조절이 불가능하다. 사람은 다 그렇게 생각한다. 그러는 편이 전부 자기 책임이라는 소리를 듣는 것보다 훨씬 마음이 편하다. 누구든지 자신 이외의 존재로부터 받은 계시나 지시 또는 운명에 의존하고 싶어지는 법이다.

　　이십 대에 호되게 연애를 경험하고 매일 아침마다 한 블로그에 들어가서 물병자리의 연애 운을 확인하던 시기가 있었다. 그 일은 당시의 나에게는 몸가짐을 정리하는 행위였다. 과거의 감정을 청산하고 다음 연애에 만반으로 준비되어 있음을 손가락질로 확인하는 의식이었다.

　　이런 습관이 계속되면 점을 본다기보다 미신에 집착하는 꼴이 된다. '언젠가 새로운 사랑이 찾아오면 이 블로그에 안 온다'고 다짐한 채 빗나간 뒷면만 나오는 동전만 계속 던질 뿐이다. 지금은 분명 그 당시에 매일 아침마다 가슴에 새겼을 여러 명언이 하나도 떠오르지 않는다.

✦✦✦

지금의 나는 점보는 일을 그만두었다. 내가 어떻게 점보는 일을 그만두었을까? 아이러니하게도 점괘가 제대로 적중했기 때문이다. 서른 무렵이었나, 시모키타자와에 위치한 술집에서 우연히 만난 중년 여성의 점쟁이에게 나의 이름과 생년월일을 말하고 손금을 보여 주었는데, 그녀는 나에게 "당신은 서른셋이나 서른넷에 결혼하고, 삼십 대 중반에 퇴사해서 독립하고, 마흔 전에 해외로 이주한다"고 단언했다. 무슨 말이든 금방 잊어버리는 내가 계속 기억하는 점쟁이의 말은 지금까지도, 앞으로도 이뿐이다.

서로 거나하게 취해 있었고 술 한잔 값을 대신 내 주고받은 심심풀이 감정이었다. 두 번 다시 만날 일이 없으니, '그 점괘, 정확하게 들어맞았어요!' 하고 감사를 전할 방법도 없다. 오히려 다행이라고 생각한다. 만약 그때 연락처를 교환해서 정기적으로 만날 수 있는 관계가 되었다면, 나는 지금 그녀의 말에 푹 빠져 나의 인생을 그녀에게 완전히 의존했을지도 모른다. 개구리 상품이 아니라 고가의 항아리라도, 그보다 더

한 것도 그녀의 말이라면 내 돈으로 직접 샀을 것이다. 어쨌든 점괘가 딱 들어맞은 덕분에 이후로 점을 보는 일을 깨끗이 그만둘 수 있었다.

매년 새해에 첫 참배 때는 100엔을 내고 딱 한 번 정도는 운세 뽑기를 한다. 대길일까, 대흉일까 도박을 즐기듯이 지침 내용을 그 자리에서 숙독한 다음 뒤탈이 없도록 경내에 묶고 돌아온다. 향후 1년분의 점을 그날 하루에 전부 정리하고 나머지 364일은 생각하지 않는다. 인간의 입을 빌려 하늘에서 내려오는 계시를 상대할 때 가장 중요한 태도가 있다면 적당히 잊고 사는 게 아닐까 싶다. 지금의 나는 그렇게 생각하며 지내고 있다.

07

몸이 무거워지는 일은
피하는 게 상책

나는 어릴 때부터 줄곧 타인보다 살쪘다고 생각해 왔다. 이차 성징이 오면서 급격히 살이 불어났고, 특히 발레나 육상에 몰두 중인 동급생들과 나란히 걸을 때면 죽고 싶었다. 프로 모델에게 요구될 만한 미용 체중을 밑돌았던 경험은 한 번도 없다. 하지만 일반적으로 이야기히는 표준 체중을 현저히 웃돈 적도 없다. 신장 164센티미터, 체중 55킬로그램 전후, 체지방율 약간 높음에 건강 체질이었고 의사도 이상이 없다고 했지만 스스로는 절대 만족하지 못했다. 사실 나는 어디에나 있는 지극히 평범한 체형이었다.

타임머신이 있다면 소녀 시절의 나를 만나러 가서 "책만 읽지 말고 운동 좀 해"라고 꾸짖고 싶다. 그러면 아직 어린 나는 "어머, 삼십 대의 나야, 돈까지 내면서 웨이트 트레이닝을 하는 거야?" 하고 놀라겠지. 그렇고말고, 네가 땀 한 방울을 흘리지 않은 채 운동을 게을리하며 쌓아 온 과오의 유산을 어른인 내가 지금 돈으로 갚고 있단다. 미용이 아니라 건강을 위해서 말이지. 이를테면 체중이 급증하면 감기에 잘 걸리게 된다거나.

하여튼 어릴 때 똑바로 운동을 배웠어야 했다. 그러한 연유로 어디에나 있는 지극히 평범한 체형을 소유한 나는, 집에서 가장 가까운 역 앞 피트니스 센터에 월 회비를 계속 지불하기도 하고, 개인 트레이너에게 식이요법을 배우며 이것저것 음식을 바꾸고 보충제를 마시기도 하면서 그동안 살을 빼기 위한 여러 시도에 큰돈을 쏟아 왔다.

***

몇 년 전에 '이 효과는 평생 갑니다'라고 추천받아 코치의 지도하에 저탄수화물 다이어트를 실천했다. 반년 정도 지나니까 6킬로그램이 빠졌는데, 나는 이때의 경험을 암묵적으로 최후의 다이어트라고 부른다. 계획대로 살이 빠진 성취감이나 운동으로 붙은 자신감은 손에서 절대로 떨어져 나가지 않는다.

　이제는 좋아하는 다양한 음식의 당질의 높고 낮음을 혼자서도 구별할 수 있다. '조금 더 살이 빠졌으면 좋겠다'고 바라면서 계속 새로운 다이어트에 손을 내밀기보다 이대로 편안히 생활해 나가자고 다짐한다. 사춘기 때는 견딜 수 없을 만큼 싫었던 내 체형이 지금은 그리 밉지 않다.

　효과가 평생 간다는 트레이너의 말이 꼭 거짓말은 아니었을 거다. 당질 섭취 제한으로 살이 빠진 만큼 다시 당질을 섭취하면, 살이 돌아오는 건 당연지사. 현재는 보기 좋게 4킬로그램이 증가했다. 매일매일 브로콜리와 두부만 먹었던, 지나치게 가혹한 다이어트는 일시적일 수밖에 없기 때문에 지속하기는 어렵다. 죽을 때까지 탄수화물을 금지해야 한다면 나는 지금 당장, 직심삼일은 커녕 단 3초 만에 좌절할 자신이 있다.

　그때부터 지금까지 무리하게 음식을 먹어치우는 식습관을 고치기 위해 꾸준히 노력해 왔다. 두 번 다시는 가혹하게 다이어트를 하는 일이 생기지 않도록 마지막 한 입을 꾹 참는 것이다. 이게 꽤 어렵다. 나는 쇼와 시대 말기 출생이어서 포식 시대의 전쟁을 지나온 연장자들에게 "음식은 남기지 말고 모두 먹어라"는 말을 들으며 자랐다. 엄마는 진하고 기름진 맛 위주의 가정 요리를 만들어 주셨는데, 어린 시절부터 음식을 남기면 안 된다고 엄격하게 교육받은 나는, 사춘기에 포동포동 살이 찔 수밖에 없었다.

본가에서 독립해 혼자 살자마자 살이 확 빠졌고, 직접 밥을 지어 먹다 보니 담박한 맛을 선호하게 되었다. 또 꼭꼭 씹어 천천히 내 속도대로 먹으면서 서서히 위장을 줄이는 일에도 성공했다. 그래도 오랜 식습관을 단번에 바꾸기는 어렵다. 여전히 눈앞에 있으면 젓가락을 놓지 못할 만큼 좋아하는 음식이 있다. 메뉴에서 보자마자 바로 주문해 버린다. 살이 찌는 이유다. 이는 위장의 공복이 아니라 영혼의 공복에서 비롯되는 결과인 듯하다.

당신 주위에도 분명 있을 거다. 사오십 대가 되어서도 젊을 때와 똑같은 식생활을 이어 가는 사람들, 말술에 튀김 요리를 입안으로 가득 넣으며 도시락을 2초 만에 비우는 사람들, 매운맛과 기름진 맛에 열광하고 틈만 나면 무제한으로 먹고 마실 계획을 세우는 사람들.

그들의 식생활은 누가 보아도 명백히 건강에 해로워 보

이는데, 한 손에는 강황이나 위장약을 들고서 마치 벼랑 끝까지 전속력으로 달리는 치킨 레이스인양 더 이상 젊지 않은 신체를 계속 괴롭힌다. 좀처럼 고쳐지지 않는다. 자력으로는 못 고친다. 잘못되었다는 사실을 머리로는 알지만 계속 반복되는 폭음폭식. 그들을 보면서 '아, 영혼의 공복 상태구나' 하는 생각이 든다. 그러니까 어렵다.

예전의 나도 그랬다. 고추 마크가 표시된 아주 매운 요리, 몸에 해로워 보이는 정크 푸드, 배탈 나기 쉬운 날음식, 도수가 센 술을 한계가 아슬아슬할 때까지 무턱대고 먹고 마시는 인간이 절제하는 인간보다 '재밌고, 뛰어나고, 거침없이 놀 줄 안다'고 여겼다. 그런 칭찬을 바라며 소화 능력의 한계치에 도달하면서까지 고칼로리의 자극적인 음식을 먹어 댔다.

위장은 가득 찼어도 마음이 헛헛했던 것 같다. "남기면 아까우니까 제가 먹을게요!"라고 말하며 솔선해서 음식이 남은 접시를 채 갔다. 멀뚱멀뚱 있다가 음식이 남겨져서 버려지는 모습을 보는 게 두려웠다. 그러나 나의 두려움이 내가 정말로 세상의 식량 문제를 걱정해서 나타난 것인지는 의문스럽다. 오히려 어떤 것을 피하려는 듯 정신없이 접시를 비워 댔다.

그것은 식욕이라기보다 욕망, 어쩌면 손해 보고 싶지 않은 욕심에 가까웠다. '역시 그때 먹었어야 했는데' 하고 나중에 후회하기 싫었다. 또 합숙할 때 마지막 날 밤에 잠들지 못하는 아이처럼 내가 모르는 사이에 즐거운 일이 일어날까 봐 안절 부절못했다. 몸 안에서 생겨나는 충족감보다 바깥을 살피며 주변을 더 중시했던 게 아니었을까 싶다.

♩♩♩

　음식을 소홀히 취급하지 않아야 한다. 그릇에 한 번 담 은 음식은 자기가 책임지고 전부 먹으라는 말이 잘못된 가르 침은 아니다. 다만 사람마다 한계치가 다를 수 있으니 무리하 지 않는 선에서 때로는 남겨도 된다. 다 먹는 일에 지나치게 몰두하면 눈앞에 남은 맛있는 음식보다 훨씬 중요한 것을 잃 을 수 있다. 바로 자신의 건강을 말이다.

　음식점의 1인분은 대부분 혈기 왕성한 젊은이를 기준으 로 설정되어 있다. 나이가 들수록 몸이 따라가질 못하니 음식 을 남기는 일은 당연하다. 어엿한 어른이니 주문할 때 미리 밥 을 빼거나, 사이드 디시를 빼거나, 따로 양을 조절해 달라고 요청하면 된다. 덜어 먹을 때는 먹을 만큼만 덜고 욕심내서 많 이 담지 않도록 주의한다. 간식도 음주도 무엇이든 적당히.

사전에 양 조절이 안 되는 런치 플레이트나 코스 메뉴를 먹을 때는 배가 80퍼센트 정도 차면 숟가락을 내려놓는다. 배가 불러도 더 먹고 싶으면 그 신호가 위장과 영혼 중에 어디서 왔는지를 스스로에게 물어보면 된다. 어떻게 하면 좋을지 신체가 알려줄 터이다.

요즘 들어서 평소에는 하루에 두 끼만 먹는다. 몸이 무거워지면 종일 착즙 주스와 단백질만 마시는 '프티 단식'도 한다. 다이어트의 효과는 기대할 수 없지만 내 위장을 리셋해서 그 본래의 크기를 재확인하는 정도의 결실은 거둘 수 있다.

잘 먹고 자주 움직여 지방은 줄이고 근육을 늘려서 신체를 탄탄하게 만들면, 체력이 좋아져서 쉽게 피로해지지 않는다. 근래 몇 년은 자이로토닉이라는 운동을 배우고 있나. 육체를 혹사하는 프로 댄서도 다닐 법한 본격적인 스튜디오인데, '환갑 이후에 넘어져도 큰 부상이 없는 몸을 만들다'가 슬로건이다. 이보다 좋은 동기 부여가 없다.

최후의 다이어트 이후로는 살을 더 빼고 싶다는 생각이 줄었다. 나에게는 56킬로그램 이하라는 자기 적정 체중이라는 마지노선이 있는데, 그 기준을 웃돌 때는 언제나 근육보다 군살이 원인이라 대개 건강도 나빠진다. 그래서 가능한 한 체중 조절에 신경 쓰지만 더는 미용 체중이나 몸매에 집착하지 않는다. 노인이 되었을 때 발이 걸려 넘어지지 않을 정도의 건강만 유지할 수 있다면, 그리고 작년에 입은 청바지를 올해에도 입을 수 있다면 그것으로 충분하다.

겨울잠을 자듯 고타츠에 누워 아무 생각 없이

흘려보내는 이 시간을 누구도 방해하지 않길.

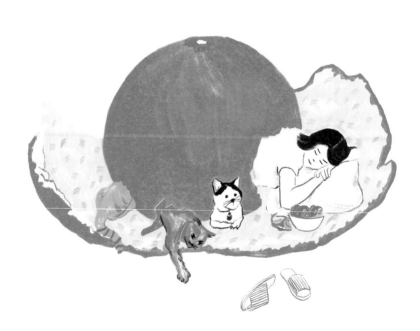

08

인간답고자
　　너무 애쓰지 않아도 괜찮다

　　어린 시절에 "이 아이는 언젠가 인간을 그만둘 것"이라는 꾸지람을 들은 적이 있다. 추운 겨울날 초등학교에서 돌아오면 나는 교복을 벗고 고타츠(난로와 이불이 붙어 있는 일본 전통 난방기구 겸 밥상)에 들어가 아무것도 안 하고 멍하니 앉아 있었다. 날이 저물었지만 불조차 켜지 않고 어두운 거실에서 같은 자세로 앉아 일절 움직이지 않았다.

　　그날 저녁에 부모님이 퇴근하고 돌아오시면서 도쿄에 머물던 이모할머니를 모시고 왔다. 예의범절에 엄격한 시골 이모할머니는 거의 속옷 차림으로 고타츠에 앉아 있는 나를 보고 열화와 같이 잔소리를 늘어놓았다. 책상에 앉아서 공부해라, 시키지 않아도 쌀 정도는 안쳐 놓아라, 오냐오냐 제멋대로 자라면 인간이 안 된다는 등 계속해서 "인간이기를 그만두라"고 말씀하셨다. 이모할머니는 자기에 대한 믿음이 깊은 사람으로, 근로정신을 상실한 자는 사람이 아니라고 경고했다.

그때 내 머리에는 당시에 무아지경으로 읽던 공상 과학 소설의 한 장면이 떠올랐다. 어른들을 위해 차를 내오라는 명령에 옷을 입고 주전자에 불을 올렸다. 지금은 아이의 역할이지만 조만간 인간보다 유능한 로봇이 개발되면 이런 일은 기계가 대신해 줄 것이다. 내가 이모할머니의 나이가 될 무렵에는 모든 것이 자동화되어 새집은 화성에 있고, 의료 기술의 발달로 수명도 이백 살까지 연장되고, 두 손과 두 발은 사이보그화되어 있을지도 모른다.

정말로 나는 언젠가 인간을 그만둘지도 모른다. 인간을 그만두었을 때 무엇이 나를 나답게 할까? 이모할머니는 무언가를 '하는' 시간에 인간이 형성된다고 믿었다. 그래서 아무런 일도 '하지 않는' 게으름뱅이인 나를 보며 신이 주신 귀중한 시간을 낭비한다고 화를 냈다. 하지만…, 생각하는 사이에 물이 끓었다.

어른들이 돌아오고 저녁밥 준비가 시작되기까지의 그 시간이 참으로 자유로운 내 소유물이 아니었을까. 사실 이모할머니의 방문으로 중단된 그 아무것도 '하지 않는' 시간 역시 내 인생을 형성하는 데 없어서는 안 되는 신이 주신 귀중한 보물이었다. 고타츠에 앉아서 내내 생각했다. 어른의 감시가 닿지 않는다는 구실로 어린 나는 옷도 안 갈아입고 쌀도 씻지 않은 채 '안 하는' 자유를 구가했다. 이모할머니의 눈에는 그 모습이 퇴폐적이고 부도덕한 나태함으로 보여겠지만, '아무것도 안 해도 바빴어요' 하고 생각하며 나는 차를 끓였다.

지금도 자주 이 일을 떠올린다. 따분한 회식 자리를 거절하고 집으로 돌아올 때, 복잡한 환승 경로에 항복하고 역 앞에서 택시를 잡아탈 때, 번거로운 계절 인사를 빼고 본론으로 들어갈 때, 사람 좋은 미소를 지으려 했지만 안면 근육이 2초밖에 유지되지 않았을 때, 하이힐을 운동화로 갈아 신을 때, 변기 물탱크에 그냥 던져만 넣으면 된다는 칭찬이 자자한 화장실 세정제를 살 때, 먹다 만 과자 봉투를 서류용 클립으로 채울 때.

눈치가 안 보인다면 거짓말이다. 이런 일로 또 누군가에게 꾸중을 듣는 건 아닐까, 결국 훌륭한 사회인이 되지 못하는 건 아닐까 신경 쓰인다. 예의 바른 생활을 실천하는 멋진 사람들은 절대로 이런 사소한 수고를 아끼거나 귀찮아하지 않을 것이다. 더욱이, 꼼꼼히 자신이 해야 할 일을 하지 않을까 싶다. 하지만 죽지 않을 정도로 최저한의 의무를 완수하면 나머지는 나의 시간을 최대화하고 철저하게 합리화하며, 돈으로 해결하거나 불합리한 사회적 요청으로부터 피해 다녀도 괜찮지 않을까.

✎✎✎

"그깟 일로 안 죽는다." 내가 입버릇처럼 하는 말이다. 친구들과의 약속에 조금 늦어도, 바닥에 떨어진 것을 주워 먹어도, 그 밖에 빈틈없이 착실한 사람들이 조잡한 내 행동거지를 못마땅해 하더라도 그런 일로 인간을 그만두기에는 너무 이르다. 실제로 '그깟 일로 안 죽는다'고 생각하며 사는 이유가 있다. 빈틈없이 살려다가 그 압박으로 다 죽어 간 일이 있기 때문이다.

이십 대 후반에 꽤 오랫동안 잠을 못 잤다. 일은 분명 즐거운데 심신은 매우 나쁜 상태였다. 회사에서 야근한 후 막차나 택시를 타고 혼자 사는 집에 돌아오면 몸은 밥 먹을 기운도 없이 완전 녹초가 되어, 바로 뻗는 상태였음에도 불구하고 쉽게 잠들지 못했다. 해야 할 일이 많았다.

메일을 확인하고 과제를 정리하고, 메신저로 지인이 말을 걸면 붙임성 좋게 소통하려 애쓰다가 잠시 한숨을 돌리러 지뢰 찾기 게임을 켠다. 지뢰밭의 지뢰를 제거하는 이 게임을 계속 클릭하다 보면 어느새 아침이 된다. '이번 판만 깨면 자야지, 이번만, 이번만' 하고 머리로는 알지만 손가락이 멋대로 움직여 멈출 수가 없다.

결국 날이 새고 창밖이 밝아온다. 몇 시간이라도 수면을 취해야 하는데 밤새 따닥따닥, 본래의 기상 시간을 넘겨도 같은 자세로 쉴 새 없이 지뢰를 제거한다. 그러다가 그대로 책상에 엎드려 쓰러지듯 잠이 들어 오전 중에 중요한 사내 회의를 날려 버린 적이 있다. 이후로 또다시 일어나지 못할까 봐 불안해서 아침 시간에 외근 업무는 잘 계획하지 않는다.

항상 수면 부족으로 업무에서 실수가 늘어나고, 주말에 놀자는 연락이 와도 대부분 거절한 채 침대에 누워 한 발짝도 일어나지 못한다. 저녁에 나갈 때도 모자와 안경으로 완전 무장하고 고개를 푹 숙인 채 편의점에서 도시락만 사올 뿐이다. 내일 다시 출근이구나, 생각하며 계속 지뢰 찾기만 클릭한다. 따닥따닥, 따닥따닥.

모니터 화면을 많이 보아서 눈이 건조한데도 눈 한 번 깜빡이지 않은 채 눈물을 주르르 흘리면서 손을 멈추지 않았다. 백마 탄 왕자든, 졸음운전 하는 덤프트럭 운전사든 상관없으니 내 인생에 뛰어 들어와 '강제 종료' 버튼을 눌러 주면 좋겠다고 간절히 바라기도 했다. 사실 그때 나는 죽고 싶었다.

나는 내가 일주기 리듬 수면 장애인 줄 알았는데 심료내과에 가서 진찰받은 결과, 그 전 단계인 불면증이었다. "해야 할 일은 산더미인데, 제대로 해야 하는데, 실수하면 안 되는데, 자야 하는데, 하면서 정작 아무것도 못 하고 시간을 헛되이 버리고 있어요"라고 호소하는 나에게 의사는 "당신은 천성이 완벽주의예요. 스스로 자신을 괴롭히고 있어요. '아무것도 못하는' 게 아니라 '아무것도 안 하기'를 한다고 생각하면 좋지 않을까요?"라고 조언했다.

'아무것도 안 하기를 한다'는 확실히 〈곰돌이 푸〉에나 나오는 말이다. 어린 시절 몇 시간이나 고타츠에 드러누워 있다가 이모할머니에게 혼난, 그 상태다. 어릴 때는 그 중요함을 분명 알았는데 어째서 지금은 잊어버렸을까. 나는 그때 인생에서 꼭 필요한 영혼의 배터리가 충전 중인 게 아니었을까.

젊고 기운이 남아돌던 시절이 있었는데, 어째서 건강을 잃어버렸을까. 정신과 육체에 계속 결여되어 있던 아무것도 안 하는 나만의 시간을 확보하려는 시도가 지뢰 찾기로 과잉 집중된 듯했다. 어쩌면 사람은 영혼의 배터리가 0퍼센트가 되면 인간으로 살아갈 기능을 상실하는 게 아닐까.

✐✐✐

'하루의 3분의 2를 자기 마음대로 쓰지 못하는 사람은 노예'라는 니체의 말이 생각난다. 하루의 24시간 중 16시간은 자신의 것이고, 타인을 위해 바쳐도 되는 시간은 8시간까지인 것이다. 나는 잠이 많은 사람이라 욕심 같아서는 하루에 기본 8시간은 자고 싶다. 그래도 8시간은 나만의 시간을 가질 수 있다는 계산이 선다.

그러나 니체의 말을 바탕으로 쓰인 도모베 마사토의 노래 〈일하는 사람〉에 나오는 '3분의 1과 3분의 2가 나에게는 반대로 느껴진다'라는 가사처럼 나 역시 하루의 3분의 2를 나 이외의 것들에 바치고 있다. 아무것도 안 하는데 바쁘다고 외치며 내 시간에서 타인을 쫓아낼 수 없는 상태가 된 것이다.

어른이 되니, 평범하게 생활해도 해야 할 일이 점점 늘어 간다. 무엇을 가지고 들어오면 무엇을 버려야 하고, 하고 싶은 것 사이에서 하고 싶지 않은 것을 하나씩 몰아내야 한다. 그렇지 않으면 방도 마음도 금방 움직일 수 없는 쓰레기장으로 변한다. '하고 싶지 않은 것도 제대로 해야만 한다'고 생각해서 스스로를 영혼의 자살 행위에 이르도록 만들었던 이십 대의 내가 어딘가에 죽어 있더라도 이상할 게 없었다.

요리를 못하겠으면 컵라면으로 때워도 된다. 놀러 나갈 기운이 없으면 근처 목욕탕에서 느긋하게 몸을 녹이면 된다. 연애에 휘둘려 지낸다면 연애를 그만두면 된다. 건강을 해칠 것 같으면 다른 방식으로 일하면 된다. 게으름뱅이라거나 의지가 약하다고 꾸중을 들어도 괜찮다. 의지만 강하고 나머지는 헛돌면 그게 더 위험하다. 게으름을 피울 때마다 자신을 탓하거나노 자신의 시간이 없는 것보다야 훨씬 낫다.

조금 기운을 차릴 무렵 동일본 대지진을 계기로 앞으로의 인생을 되돌아보았다. 잘 다니던 회사를 그만두고 프리랜서로 일하기 시작했다. 평생 독신으로 살 계획이었는데 결혼도 했다. 미국으로 이주하여 영어권에서 일까지 시작했다. 예전과 비교해 볼 때 수입의 흥망성쇠는 냉혹하지만 원래 사치는 부리지 않는 타입이고, 다행히 아직 손대지 않은 저축 통장도 남아 있다. 그리고 정해진 시간에 자고 정해진 시간에 일어나는 생활을 되찾았다.

일본에서 떨어져 생활하다 보니 업무 중에 갑자기 전화가 와서 작업이 중단되는 일도 없고 내키지 않는 파티에 참가할 의무도 없다. 아무리 생각해도 생산적이지 않은 인내나 고행을 할 필요가 없다. 블랙 기업이나 체육회 부류의 커뮤니티는 전 세계 어디에나 있지만, 마음만 먹으면 내 발로 그런 자기장을 우회하여 다른 거처를 찾을 수 있다.

어쩌다 갖는 미팅 이외에는 은둔형 외톨이처럼 생활 중이지만 이런 나도 완수해 낼 일이 있다. 서투른 분야가 있지만 잘하는 분야도 있다. 또 납세의 의무를 다하며 그럭저럭 사회 공헌도 실천하고 있다. 누군가로부터, 무언가로부터 강요받는 헛된 수고를 줄여 나가는 만큼 자신을 위해 쓸 수 있는 아무것도 안 하는 시간을 최대한으로 만들고 있다. 세상에는 하지 않아도 되는 일이 정말로 많다.

제2장

그만두고 나서 얻은
마흔의 아름다움

09

내 모습 그대로가
아름답다

　짧게 자른 머리카락, 셔츠에 반바지, 스니커즈에 공룡이나 천체 도감, 탐정 소설, 공상 과학 소설을 한 손에 들고서 성큼성큼 걸으며 성인을 상대하는 일을 겁내지 않고 옆에 있는 꽃무늬 원피스를 입은 숫기 없는 여동생 몫까지 잘 떠들어 대던 나는 어린 시절에 자주 남자아이로 오해를 샀다. 동생과 나란히 있으면 나를 '오빠'라고 불렀으나 일일이 정정하지 않았다. 오해였음을 깨달은 어른은 제멋대로 소란을 피워 성가시다. 오히려 괴도나 명탐정처럼 변장이 크게 성공한 듯하여 당시에는 자랑스러웠다.

　중학교를 지나 고등학교를 마치고 대학에 가서도 계속 남자로 오해를 샀다. 일부러 남장을 한 것도 아닌데 머리카락을 짧게 자르고 교복을 벗고 체형이 드러나지 않는 낙낙한 옷에 바지를 입었다는 모습만으로. 옅게 화장하고 액세서리를 착용해도 여성스러운 남자로 여겨졌다. 점차 어릴 때의 그 자랑스러운 기분은 사라져 갔다.

여자 화장실에 들어갔을 때 세면대 앞에서 나이 지긋한 여성이 큰 소리로 "꺄악!" 하고 소리친다. 이상한 괴물이라도 본 것처럼 노골적이고 적의로 가득한, 배타적이고 공격적인 목소리로 "어머나, 너 여자니? 치한이 들어온 줄 알았잖니!"라며 나를 꾸짖는다. 이때의 기분은 겪어 본 사람만 안다. 사과하는 일은 거의 없다. 항상 내가 사과했다. 무슨 잘못을 한 거지? 남들의 눈에 여자로 안 보이는 일이 대체 무슨 죄에 해당하는 걸까.

아이에게 친절히 대하면 아이의 보호자는 "애야, 오빠한테 '고맙습니다'라고 말해야지" 하고 재촉한다. 언니라고 정정했다가는 분명 소란스러워져 귀찮아질 뿐이다. 낮은 목소리로 웃으며 대응하고는 남자로서 그 자리를 지나친다. 나는 이런 일들로 계속 상처를 받아 왔다. 이차 성징 전이라면 몰라도 스물이 넘었을 때였다.

한 남성을 짝사랑했다가 고백하기도 전에 차이고 실연

당한 나를 보고 친구는 "다음에는 여자로 보일 수 있도록 노력해 봐"라고 위로했다. 하지만 어떻게 해야 여자로 보일 수 있는 것인지, 전혀 감이 잡히지 않았다. 나는 있는 그대로의 나로 살아가고 있는데 남의 눈에 여자로 안 보일 뿐이다.

피를 나눈 여동생은 한 번도 오해를 산 적이 없다. 그래서 동생에게 내가 남자로 오해받은 경험을 이야기하면 "언니가 남자로 오해받는 건 일부러 남자처럼 행동해서 그래. 어릴 때 하던 남장 놀이에서 아직도 졸업하지 못한 거야?"라며 도무지 믿어 주지를 않는다. 여동생은 가만히 있어도 여자로 살아갈 수 있나 보다.

한편 공감해 주는 친구도 일정수 존재한다. "있지, 있어. 이해해. 나도 자주 남자로 오해받아. 지금은 그럭저럭 비슷하게 흉내 내지만"이라고 말하면서 그녀들은 "우리 같은 애들이 분명 미래에 왜, 그 멀리서 보았을 때 할아버지인지 할머니인지 성별을 구별할 수 없는 노인이 되어 있을 거야!"라고 자조한다.

노력하거나 의식하지 않아도 되는 제로 상태에서 무난히 여성성을 유지할 수 있는 여동생 같은 부류와 달리 나 같은 부류는 항상 '+1'을 의식하지 않으면 안 된다. 깜박하면 금방

'-1'로 떨어져서 다시 여자가 아닌 자로 간주된다.

///

이십 대 초반부터 삼십 대 초반까지, 나는 여자로 보이는 방법을 여러모로 시도했다. 모조리 더하는 방법이었다. 가장 먼저 치마를 입는다. 여성 패션지에 나올 만한 코디로 한눈에 여성용임을 알 수 있는 정장을 선택해 입는다. 내가 화장했다는 사실이 전달될 때까지 짙게 화장을 입힌다. 살짝 높은 톤의 목소리로 말하고 대화를 나눌 때 요염하게 몸을 움직인다. 타인의 연애 이야기에 흥미가 있는 척, 점성술에 일희일비하는 척, 종아리며 겨드랑이며 입가에 불필요한 털 따위는 한 가닥도 자라지 않는 척한다.

평소에 나는 "이렇게 보여도 의외로 여성스러운 부분도 있어요"를 입버릇처럼 말했다. 또 '나도 한 여자로서…', '일하는 여성인 우리는…' 같은 주어를 연발했다. 말을 보태지 않으면, 한순간도 긴장을 늦추면 안 될 것 같았다. 여자로 보이지 않을까 봐 두려웠다. 그래서 상대가 판단을 헤매기 전에 '내 성별은 여자랍니다'를 친절하면서도 적극적이고 정중하게 알려주어야 한다고 생각했다.

나는 여자이기를 그만두기로 했다. 말이 심하지만 나는 최근에 그렇게 생각했다. 엄밀히 말하면 '이것을 하면 여자로 보일까, 저것을 하면 여자로 보이지 않을까' 하고 일일이 생각하며 고민하는 일을 그만두었다.

치마를 입는 건 좋아하는 옷을 입은 것이지 누군가에게 여자로 보이기 위해서가 아니다. 민낯으로 집을 나온 건 오늘 때마침 그러고 싶었기 때문이지 여자로서의 의무에 대한 반골 정신을 발휘하기 위해서가 아니다. 사실 애초에 화장은 여자의 의무가 아니다. 더 이상 꽃무늬, 핑크색 등의 여성스러운 잡화를 살 때 '나에게 어울릴까' 고민하며 주저하지 않는다. 또 카시스 오렌지가 아닌 하이볼을 주문할 때 '이래서 인기가 없는 게 아닐까' 걱정하며 망설이는 일도 없다.

제로 상태로 지내다 보니 내 안에는 남성성과 여성성이 공존하며 대등한 페어로서 춤추듯 서로 보완된다는 사실을 깨달았다. 또 여자로서 더하기를 그만두니까 초조함에서 오는 의문의 지출이나 한밤중에 불안해서 눈이 땡땡 부을 정도로 우는 헛된 시간들이 줄어들었다. 여자이기를 그만두기로 한 결심은 물심양면으로 가성비가 좋은 결과였다.

큰 가위로 긴 머리를 싹둑 잘라 내면서

그동안 버리지 못한 미련까지 함께 끊어 내 버렸다.

10

긴 머리도 좋고,
　짧은 머리도 좋다

　　나는 새로운 것을 좋아하고 돌발적이며 충동에 쉽게 휩
쓸리는 변덕쟁이라, 보수적이라는 표현은 나와 거리가 멀다.
그런 나에게 어릴 때 마음속으로 결심한 이후로 꼼짝 않는, 앞
으로도 바꿀 일이 없는, 몇 가지 고정된 스타일이 있다.

　　옆에서 보기에도 알기 쉬운 예는 짧게 자른 머리카락이
다. 내가 짧은 머리를 고집하는 이유는 새로운 것을 좋아하고
충동적이며 변덕스러운 성격 때문에 항상 머리카락을 자르면
서 기분 전환을 해 왔다고 말할 수 있고, 어릴 때부터 완고히
고집해 온 '머리카락을 기르지 않는다'는 결심을 한 번도 싫증
내지 않고 계속 지켜 왔다고도 말할 수 있다.

　　사실 어린 시절에 머리 모양에 대한 결정권은 나에게 없

었다. 대부분 가위를 든 엄마가 욕실에서, 때로는 아빠가 다니는 근처 이발소에서 늘 단발머리로 정리되었다. 나는 매일 아침마다 함께 등교하는 긴 머리카락을 예쁘게 땋거나 동그랗게 말아 올린 아주 여성스러운 동급생들을 바라보며 무척 부러워했다. 하지만 한편으로는 매일 편히 지낼 수 있는 게 더 중요하지 않을까, 생각했다.

긴 머리카락이 깔끔히 묶여 있지 않아서 불안한 인생보다 흐트러질 때마다 언제든지 손으로 바로 정리할 수 있는 단발머리가 더 좋지 않을까 하고 말이다. 이 같은 결론을 내린 게 여덟 살이다. 끈기를 가지고 열심히 어깨에 닿을 때까지 머리카락을 길렀다. 하지만 매일 아침마다 드라이하고, 세팅하고, 목욕한 후에 머리카락을 말리고, 흐트러지면 다시 묶는 일상의 수순만으로도 긴 머리카락의 존재가 힘들어서 바로 항복해 버렸다. 결국 다시 단발머리로 돌아가고 말았다.

그 다음으로 머리를 기른 건 이십 대 후반이었다. 미용실에 가기 귀찮아서 머리카락이 머리의 뒷부분에서 하나로 묶일 때까지 기른 후에 큰 클립으로 고정시켰다. 나는 스스로를 만화가 오카자키 마리의 만화에 나올 법한 전문직 여성의 모습일 거라고 상상했으나, 어느 날 동료에게서 "머리를 기르는 거 같은데, 늘 꽉 묶어서 짧을 때와 인상이 별로 다르지 않네"
라는 말을 들었다. 동료의 말처럼 나는 긴 머리카락을 잘 소화
하지 못했다.

♪♪♪

아름답고 풍성한 긴 머리카락을 찬양하는 여자 친구들
은 모두 "미용실에 가는 게 귀찮아서 못 잘라"라며 겸손을 떤
다. 그러나 속지 않는다. 나도 몸소 겪어 보았다. 긴 머리카락
을 유지하는 편이 훨씬 귀찮고 힘들다는 사실을. 긴 머리를 유
지하는 사람들은 매일 머리카락을 관리하는 데 시간을 많이
빼앗기기 때문에 다른 일에 할애되는 시간을 단축해야 한다.
그들의 수고가 정말 대단하다고 생각한다.

"짧은 머리도 유지할 때 비용이 많이 들잖아. 멋쟁이 아
니면 못하지"라는 말도 많이 들었지만 내가 빈번히 돈을 지불
해 가며 관리를 받는 이유는, 멋쟁이라서가 아니라 게으름으
로 인한 습관 때문이다. 머리카락에 관해 고민하는 시간이 짧
을수록 좋다고 생각하면 머리카락은 짧을수록 좋다. 다만 투
블록이나 소프트 모히칸 스타일은 확실히 관리하기 어렵기
때문에 나 역시 오래 지속할 수 없었다. 지금의 머리 스타일은

앞머리를 없애고 귀에 걸리는 길이 정도의 모습이다.

'나는 짧은 머리가 안 어울려요', '당신처럼 용기가 없어서'라고 말하는 사람도 있다. 나에게는 맨다리를 드러내거나 미니스커트를 입는 일이 훨씬 용기가 필요한 일이라서 사람마다 다 다르구나 싶다.

이런저런 이유를 붙여 짧은 머리를 기피해 온 친구들은 대부분 서른이 되자마자 쇼트 보브컷으로 머리 스타일을 바꾸기 시작했다. 출산 타이밍에 맞춰 나타난 결과였다. "아이를 낳고 한동안은 머리에 신경을 쓸 수가 없으니까"라며 입을 모은다. 거봐, 역시 긴 머리보다 짧은 머리가 손이 안 가잖아.

젖먹이를 안은 소꿉친구에게 "짧으니까 편하네"라는 소리를 들으니, "이제 알았어? 중학교 때부터 말했잖아!"라며 웃음으로 답한다. 그런데 가끔 웃는 얼굴로 답할 수 없는 상대도 있다. 똑같이 젖먹이를 안고서 "이제 긴 머리는 평생 못하겠네"라고 말하며 깊은 한숨을 쉬는 친구들의 경우가 그렇다.

20세기 말 여고생 교실에서 청춘 시절을 보낸 동 세대 여자들 역시, 헤이안 시대(일본의 고대 말기에 해당하는 시대)부터 이어지는 '머리카락은 여자의 목숨'이라는 사상을 계승해 왔다. 허리까지 닿는 검은 생머리를 나부끼며 '공주'로 불리던 아이, 수업 내내 갈라진 머리끝을 잘라 내던 갈색 머리의 아이, 곱슬머리를 일부러 구불구불하게 길러서 얼굴의 콤플렉스를 가린 아이 모두 긴 머리카락의 힘을 빌려 아름다움을 증강시키고자 했다.

잡지 부록의 헤어 카탈로그를 보며 변화를 즐기는 긴 머리의 아이들도 있었다. 그중 유달리 세련된 극히 일부 아이들은 머리를 굉장히 짧게 자르거나 앞머리를 일자로 내거나 형광 녹색으로 염색하며 적극적으로 머리 모양을 바꾸었다. 그리고 나처럼 계속 짧은 머리로 지내는 아이도 종종 있었다. 머리를 짧게 자른다기보다는 길게 기르는 것을 그만둔 친구들이었다.

머리가 짧은 사람들이 모두 같은 사상을 가졌다고 생각하지는 않지만 적어도 내가 머리를 자를 때 함께 자르고 싶었던 건 귓전에서 '머리카락은 여자의 목숨'이라고 계속 속삭이는 그 요괴 같은 무엇이었다. 그 녀석은 바람이 불면 흐트러지고 물에 젖으면 얼굴에 달라붙으며 때로는 입속으로 섞여 들어오기도 했다. 찰랑찰랑 나부끼며 미를 증폭한다기보다는 덥수룩하고 무겁게 내리눌러 불쾌지수를 높인다. 나에게 달라붙어 언제까지고 떨어지지 않는 그것은 '여성적인 것'이라고 불리는, 묶은 머리의 형상을 한 요괴였다. 세상 사람들은 머리에 놓인 그것과 능숙히 타협하는 듯하나 나는 아무리 노력해도 그 녀석과 성격이 잘 안 맞는다.

　머리카락은 내버려 두면 저절로 자란다. 나이를 먹을수록 몸에 걸치는 '여성적인 것'은 자연히 그 무게가 늘어나, 자르지 않고 방치해 두면 점점 길어지고 두꺼워지고 짙어져서 언젠가 몸을 움직일 수 없게 만들 것이다. 반대로 노화로 인해 풍성하게 긴 머리카락을 유지할 수 없어 멋들어진 가발을 씀으로써 이를 증강해 나가는 사람들도 있다. 나는 그들이 가발을 영원히 벗지 못하게 될까 봐 두렵다.

　친척 결혼식 기념사진에서 여덟 살의 나는 어깨까지 기른 머리를 양 갈래로 높이 묶고 한껏 멋을 낸 채 자랑스러운 듯한 표정을 지었다. 그 사진을 볼 때 "이제 이렇게 긴 머리는 내 평생에 없겠지" 하며 한숨을 쉰 적이 몇 번 있다. 하지만 그럴 때마다 머릿속에서 큰 가위를 꺼내어 그 한숨과 함께 미련도 잘라 내 버렸다.

　　그림 동화 《라푼젤》에서 긴 머리카락은 라푼젤의 아름다움을 상징하는 동시에 감금된 탑 위에서 자력으로 도망칠 수 없도록 만드는 족쇄였다. 머리카락을 완전히 없애 버리고 싶은 게 아니다. 아무리 아름답고 좋은 것이라고 해도 제한 없이 타성에 의해 막 기를 수는 없다. 자신의 의지로 정기적으로 가위질하지 않으면 원하는 모습으로 영영 다듬어지지 않는다. 마침 그런 기분이 들어 오늘, 나는 미용실을 예약했다.

11

좋은 여자란
누구인가

공공장소에서 화장하는 여자에 대해 어떻게 생각하는가? 당신은 찬성인가? 반대인가? 이 같은 질문은 자주 논쟁의 소재가 된다. 2016년에 일본의 철도 회사는 전철 내에서 화장하는 모습이 보기 흉하다며 여성에게 매너를 지켜 달라고 충고하는 광고를 게시해 화제가 되었다. 반대로 2017년에 미국의 코스메틱 브랜드는 원하는 때에 원하는 장소에서 화장하는 것은 부끄러운 일이 아니라고 거리에 거울을 설치하여 여성들을 격려하는 캠페인을 전개했다.

내 개인적인 의견은 중립이다. 전철 내에서 옆자리 승객에게 강한 냄새를 풍기고 파우더 가루를 사방으로 날리면서까지 요란하게 화장하는 건 민폐다. 그러나 땀을 닦고 번들거리는 기름기를 제거한다거나, 지워진 립스틱을 다시 칠한다거나, 앞머리를 정리하는 수정 정도의 화장은 남 앞에서 해도 문제의 소지가 없다고 본다. 흐릿한 안경알을 닦는 것과 마찬가지로 일종의 몸단장이라고 생각한다. 이렇듯 화장하는 여성들 사이에서도 의견이 찬반으로 나뉘는데, 화장해 본 경험이 없는 남성들에게 이 문제를 이해받는 일은 상당히 어려울 듯하다. 어쩌면 영원히 결말이 나지 않을지도 모른다.

매일 아침 일찍 일어나 완벽하게 치장을 끝내고 남편에게조차 민낯을 보인 적이 없다는 유명 여배우가 텔레비전에 나와서 이야기한다. 한편 여러 사람이 보는 곳에서 손거울을 꺼내 립스틱을 당당히 바르는 엘리자베스 여왕의 모습은 사람들 사이에서 자주 거론된다. 모든 여성은 각자가 지닌 미학이 있어 고상하면서도 미묘하게 저마다 미적 기준이 다르다.

아침부터 밤까지 가면을 벗기 싫은 사람은 자유로이 그렇게 하면 된다. 유명 여배우에게 풀 메이크업이 마음의 버팀목이 되듯 아무리 바빠도 절대로 생략할 수 없는, 양보할 수 없는 부분이 나는 전혀 다른 영역에 있다. 아마 영국 여왕도 그럴 것이다. 각자의 다름을 모든 여성이 억지로 하나로 맞출 필요는 없다.

***

처음에 와이어가 들어간 브래지어를 착용할 무렵 나는 브래지어와 팬티는 반드시 위아래를 맞춰 입어야 한다고 생각했다. 속옷 판매원에게 그렇게 배웠다. 때문에 매장에서 항상 세트로 구입했다. 그 법칙을 상당히 오랫동안 정확히 지켰다. 색상과 무늬가 일치하는 레이스 속옷을 입을 때마다 스스로 여자로서 어른에 한 걸음 가까워진 기분이 들었다.

하지만 현실과 이상은 꽤 다르다. 사십 대의 나는 매일 브라 톱으로 지내며 브래지어와 팬티도 그 모양과 색상이 항상 다르다. 아주 가끔 회심의 속옷을 찾아 입는데, 몸의 군살을 바로잡아 몸매 보정률을 높인다. 그 모습을 보는 것만으로도 비일상적인 위업을 달성한 듯하여 성취감을 느낀다.

'내 와이프 속옷은 항싱 세트'라고 반론히는 남지 중에 여자 속옷은 위아래의 수명 주기가 다르다는 사정을 아는 이는 아마 드물 것이다. 아무리 지각할 것 같아도 전철 내에서 화장은 절대로 안 한다고 선언하는 여자 역시 아침을 거르고 분리수거를 미루는 것 외에 색상과 무늬를 확인하지 않고 서둘러 집어 든 팬티를 입으며 화장하는 시간을 짜내는 게 틀림없다.

'불필요한 노력과 쓸데없는 수고는 각자가 판단한 후에 생략해도 좋다'라는 누군가의 꾸지람처럼 일상에는 일제히 그만두어도 지장 없는 사항이 굉장히 많다. 특히 여성의 미에 관한 부분이 그렇다. 이상하게도 머리를 짧게 자르려고 할 때 '꼴사납다', '여자답지 못하다'라는 핀잔을 듣는다.

세상 사람이라 불리는 존재가 우리에게 적당히 하면 된다고 관대히 허용해 주는 일 따위는 거의 일어나지 않는다. 어른이라면 자신을 허용하는 수밖에 없다. 그리고 자신을 허용한 이상 그 판단에 대한 책임도 스스로 제대로 감당할 수 있어야 한다. 굉장한 용기가 필요한 일이다. 이는 자기 자신을 다루는 일이다.

부모가 가르친 대로 행동하고 학교에서 배운 대로 응답하면 주변 사람들에게 잘한다, 대단하다고 칭찬받는다. 나는 어릴 때부터 '그 길을 멈추지 않고 끝까지 곧장 나아가면 규격대로 색상과 무늬와 형태를 잘 갖춘 이른바 훌륭한 어른이 될 수 있다'고 들었다. 하지만 지금은 "뭐, 중요한 포인트만 벗어나지 않으면 자잘한 것은 적당히 해도 괜찮아"라고 호쾌하게 웃으며 말하는 여자 선배들의 경험으로 다져진 강인함과 자신감에 근거한 한마디 조언에 오히려 '훌륭한 어른이구나' 하고 감동한다. 어린 시절에 품었던 완벽한 그림과는 상당히 다르지만 나도 그녀들처럼 살고 싶다.

　장소를 가리지 않고 보란 듯이 화장하는 일이나 일부러 뒤죽박죽인 속옷을 입는 일이 어른으로 가는 단계라고 말할 생각은 없다. 다만 외모에 너무 신경 쓰지 않아도 어떻게든 폼이 날 수 있다고 스스로를 타이르며, 내 두 발로 계단을 올라가고자 한다. 어른의 세계는 전국 모의시험이 아니다. 그러므로 모든 성인 여성이 좋은 여자상을 갖추기 위해 단 하나의 계단을 오를 필요는 없다. 좋은 여자상이 단 하나만 존재하는 게 아니기 때문이다.

12

전문가에게 맡기고
홀가분해졌다

근 10년 전, 잡지 편집자 시절에 경제 평론가 가쓰마 가즈요를 취재한 적이 있다. 약속 장소에 나타난 그녀는 그녀의 책에서 본 모습 그대로였다. 정장에 백팩 차림으로 도쿄 내에서 어디든 자전거로 이동해 다녔다. 애마를 움켜쥔 채 회장에 들어가는데, 맨얼굴에서 살짝 땀이 났고 손톱에는 멋진 네일 아트가 반짝거렸다. 정신없이 바쁘더라도 기분 전환을 위해 틈틈이 네일 숍에 방문하는 일을 빼먹지 않는 듯했다.

여성스러움과 다소 거리를 두는 것으로 보였는데, 그녀의 손톱이 반짝반짝 빛나는 모습이 아주 인상적이었다. 솔직히 말하면, 나는 당시에도 여전히 화장과 열심히 씨름 중이었다. 나는 그녀의 그런 모습을 보고 새삼스레 '어, 생얼이어도 네일 숍에 갈 수 있구나' 하고 생각했다. 그녀를 취재하고 몇 주 후에 나는 처음으로 젤 네일 시술을 받았다. 집에서 제일 가까운 곳에 위치한 네일 숍을 검색해 머뭇거리다가 시간만 예약했다. 메뉴판을 봐도 뭐가 뭔지 전혀 모르겠고, 전화로는 내 희망사항을 잘 전달하지 못하겠다는 판단에서였다.

♩♩♩

어릴 때부터 나는 생각할 때마다 손톱을 물어뜯는 버릇이 있었다. 열 손가락 모두 늘 바투 깎은 손톱이라, 늘 살에 박힌 손톱은 제 기능을 완수하지 못했다. 손가락 끝은 벌거숭이처럼 항상 붉었고 약간의 자극에도 욱신욱신 아팠다. 심할 때는 피가 나는 경우도 있었다. 매니큐어를 사서 정성스레 발라보았지만 손톱을 잘근살근 물어뜯는 버릇을 쉽게 고치지 못했다.

네일 숍 예약 당일에도 나는 바투 깎은 손톱이었다. 솔직히 말하면, 네일 아트의 디자인이 예쁘고 어쩌고는 크게 상관없었다. 나는 그저 전문가에게 돈을 지불하고 네일 아트를 받으면, 그 비싼 비용이 아까워서라도 2, 3주 정도는 손톱을 물어뜯는 버릇으로부터 잠시 벗어날 수 있지 않을까 하고 기대했다. 그런데 네일 아티스트에게서 의외의 말을 들었다. "손님은 손톱이 건강하고 튼튼해서 매니큐어가 잘 발리네요. 더 짧은 분들도 오세요." 그때 처음으로 손톱 상태가 좋지 않은 사람도 네일 숍에 올 수 있구나 싶었다.

잇달아 컬러 칩을 보여 주면서 "업무상 제약이 없으면 네이비나 그런 같은 짙은 색이 손님과 어울려요. 손톱이 긴 분들은 오히려 약간 칙칙해 보이거든요"라고 말했다. 아름답게 정돈된 긴 손톱을 가진 여성들에게 줄곧 알 수 없는 열등감을 느꼈는데, 이 세상에 그녀들보다 나에게 더 어울리는 손톱 색이 있다니 기분이 묘했다.

평생 바투 깎은 손톱인 채로 살 줄 알았다. 화장도 제대로 못하는데 네일 아트라는 상급자 멋을 즐길 자격이 있나, 생각했다. 작은 버릇이 오랜 시간 콤플렉스가 되었고, 나아가 나의 미래까지 속박해 왔던 것이다. 그 사실을 그때서야 나는 비로소 깨달았다.

뭉툭한 열 손가락의 손톱에 코발트블루 색을 바르고 집으로 돌아가려는데 네일 아티스트가 "다음에는 페디큐어도 꼭 받아 보세요"라고 말한다. "아뇨, 발톱은 집에서 직접 바를 수 있어요"라고 말하자 "어머, 풋 케어야말로 전문가에게 받으면 유지가 완전히 달라요. 시술 중에 잠든 채로 머리를 비우고 편안하게 쉴 수도 있어요"라고 말하며 웃었다.

그로부터 10년이 지난 지금은 그 말의 의미를 온전히 이해한다. 이것저것 고민하지 않고 타인에게 손발을 맡기는 순간, 혼자서 잘해 내지 못해서 받는 미용에 대한 스트레스가 확 줄어 든다. 그 해방감이나 긴장감 해소까지 전문가에게 지불하는 돈에 포함되어 있다고 본다.

###

무엇이든 직접 완벽하게 해야 된다고 생각하던 이십 대 후반에 나는 가쓰마와 네일 아티스트 덕분에 손톱 물어뜯기 습관으로부터 홀가분해졌다. 서툴거나 자력으로 해결하기 이려운 일은 타인에게 통째로 맡겨도 되는구나, 그때 새롭게 깨달았다. 셀프 네일 도구를 사 놓고 집에서 열심히 손톱 관리에 열중했다면 얻지 못했을 발견이다.

화장은 사회적 갑옷이다. 나에게는 갑옷 이상의 의미가 없다. 앞으로도 길게 이어질 인생에서 나이와 상관없이 압도적인 미와 자신감으로 무장되기 위해 중후하고 멋진 갑옷이 필요할 상황이 많을 거다. 그래도 갑옷은 갑옷에 지나지 않는다. 가능한 한 가벼운 게 좋고, 언제든지 벗을 수 있어야 한다. 피곤할 때, 바쁠 때, 내키지 않을 때 언제나 편하게 벗을 수 있어야 한다.

전문가에게 맡기는 네일은 가장 얇고, 가장 작고, 가장 가볍지만 상당히 방어력이 높은 일점 호화 소비인 동시에 슈퍼 미니멀한 갑옷이다. 스무 살까지 티셔츠에 청바지만 입고 있어도 남자로 오해받던 내가, 손톱에 매니큐어만 발랐을 뿐인데 캐주얼한 옷을 입어도 이제는 여성스러워 보인다. 직업상 손톱에 화려한 디자인을 그릴 수 없는 사람은 손과 손톱만이라도 관리를 받으면 손의 인상이 크게 달라질 것이다.

네일 숍을 다니면서 화장이 점점 옅어지더니 이윽고 맨얼굴로 나가는 빈도도 높아졌다. '손에 이만큼 신경 쓰니까 얼굴은 조금 덜 신경 써도 되겠지'라는 마음이다. 매일 빈틈없이 화장할 여유는 없지만 지금보다 조금 더 잦은 빈도로 미인의 기분을 맛보고 싶다. 나처럼 생각하는 여성에게 네일 아트를 적극적으로 추천한다.

3주간 유지되는 단색 네일 아트를 21일로 나누면 일회용 콘택트렌즈보다 비싸게 먹힌다. 하지만 같은 가격으로 새로운 옷을 구매해도 그 옷을 매일 입지는 않으니, 네일 아트를 받는 게 훨씬 이득이다. 어떤 갑옷이든 입으면 된다. 요점은 지금보다 콤플렉스의 총량이 줄어드는 것이다. 그를 위한 비용을 일당으로 계산해 보아라. 이 같은 근거로 나는 튼튼한 갑옷을 원할 때마다 다른 지출을 줄여서라도 꼭 전문가에게 손톱을 맡긴다.

13

무엇과도 바꿀 수 없는
'취향'이라는 보통 명사

    지금까지 미용은 전문가에게 맡기자고 계속 이야기해 왔다. 무엇이든 자신의 힘으로 애쓰는 것이 아니라 필요할 경우에는 프로페셔널하게 일을 수행할 수 있는 사람에게 돈을 지불해서라도 이것저것 맡겨 보자는 사고방식이다. 이렇게 말하면 얼마나 사치를 좋아하는 여자냐고 생각할지도 모르나, 고급 스킨케어 화장품에서 메이크업 도구까지 세트로 구비해 놓고 좋아하는 브랜드의 신제품이 나올 때마다 사 모으는 여성들보다 미용 면에서 매월 돈을 덜 쓸 자신이 있다.

    그런 나도 사치를 부리는 미용이 딱 한 가지 있는데, 바로 샴푸다. 도쿄에서 자주 가는 미용실 '트위기(Twiggy)'에서 파는 논실리콘 샴푸로, 한 통에 4,212엔이다. 같은 상표의 헤어

토닉은 8,640엔이나 한다. 원래는 남편에게 줄 특별한 선물로 샀었는데, 너무 좋아서 그때부터 계속 애용 중이다. 처음에는 비싸다고 생각해서 엄청 아껴 썼는데, 지금은 전혀 신경 쓰지 않고 잘 사용하고 있다.

✦✦✦

슈퍼나 드러그스토어의 선반에 죽 나열된 다양한 샴푸를 둘러보면서 내가 이것들을 살 일은 없겠구나, 생각했다. 신기했다. 예전에 나는 샴푸가 떨어질 때마다 매번 다른 종류의 샴푸를 사곤 했다. 샴푸는 화장품과 달리 그 자리에서 테스트할 수 없기 때문에 항상 상품 설명만 보고 어림짐작해서 샀다. 사용감이 조금 부족하면 다 쓰기 전에 새로운 샴푸를 다시 사기도 했다. 반대로 괜찮은 샴푸를 발견하면 같은 제품으로 항상 바꿔서 사용했다. 이 과정을 계속 반복했다.

매번 다른 샴푸를 사는 일이 귀찮다거나 불편한 적은 없었다. 세상에는 신제품이 넘쳐 났다. 전보다 좋은, 새로운 성분이 배합된, 도전해 보고 싶은 미지의 샴푸들이 끊임없이 출시되어 질릴 일이 없었다. 혹시 선택에 실패했다 해도 기껏해야 한 통에 몇백 엔 정도의 손실이니 아무런 문제가 되지 않았다. 오히려 고작 몇백 엔으로 즐길 수 있는 도박 같아서 재밌었다. 불과 몇 년 전까지도 나는 이렇게 생각했다.

이제는 별처럼 수놓아져 있는 샴푸가 진열된 선반을 그냥 지나친다. 그 모든 것이 이제 나와 무관하다. 역시 신기한 기분이다. 쇼핑은 선택지가 많으면 많을수록 즐겁다고 생각했는데 운명 같은 샴푸를 만난 지금은, 색과 향과 효능과 브랜드 등 온갖 수단으로 나를 집요하게 유혹해도 설레기는커녕 성가심을 느낀다.

선택지가 많을수록 즐거운 쇼핑과 망설이지 않아도 되는 쇼핑 중에 샴푸는 늘 전자라고 생각했는데 이제 후자가 된 것일까, 눈이 트이는 기분이다. 여러 샴푸를 쓰던 시절이 나름대로 즐거웠던 터라 깨닫지 못했는데, 이전의 나는 '이거다' 싶은 제품을 만나지 못해 계속 정처 없이 이곳저곳 떠돌던 샴푸 유목민이었던 것이다.

지금 생각해 보니 '나름대로 즐거웠다'는 사실이 때로는 위안이 될 때도 있지만, 한편으로는 눈속임이었구나 싶기도 하다. 나름 즐거웠어도 그때 즐거웠던 만큼 귀중한 시간을 꽤 낭비해 버려서 후회가 되는 것이다. 내 경우에 그 궁극은 '연애다. 현재의 남편과 교제 기간 없이 결혼한 뒤에 더 그렇게 느낀다. 과거의 실패를 떠올리면서 그 사람과 만나지 않았으면 더할 나위 없지 않았을까, 절실히 느낀다.

마음대로 골라잡은 샴푸가 진열된 선반을 보고 조금 피곤한 듯 지겨운 기분이 드는 이유도 지구상에 존재하는 인류의 반은 이성이라고 큰소리치며 자유롭게 선택할 수 있는 연애에 너무 일희일비하던 시절이 떠올라서일지도 모른다.

✎✎✎

초콜릿, 포테이토칩 등 새로운 맛의 과자를 발견하면 꼭 먹어야 직성이 풀린다. 단골 메뉴보다는 한정 메뉴에 더 약하다. 세계 어디에나 있는 잘 알려진 브랜드보다 한 번도 들어본 적 없는 브랜드가 더 매력적이다. 하지만 샴푸처럼 '이거나' 하고 찜한 과자가 하나 있다. 포테이토칩은 매번 미지의 맛을 선택하는 편이지만 고구마 맛의 과자는 모 편의점의 다네가시마산 호박고구마칩이 너무나도 이상적이라 다른 상표는 거들떠보지도 않는다.

지금은 뉴욕에 있다 보니 일상에서 손쉽게 구할 수 없지만, 설령 가까이에 다른 고구마칩이 있어도 손을 뻗지 않는다.

100퍼센트의 만족도를 주는 존재를 알아 버린 이상 75퍼센트나 50퍼센트의 만족도를 주는 과자에 마음을 줄 수 없다. 즉, 바람피울 여지도 남기지 않는 것이다. 4,000엔짜리 샴푸처럼. 모험을 이어가는 장르와 유목민의 삶을 끝내는 장르, 나에게 어느 쪽인지를 의식하는 습관은 어른이 될 때까지 익히고 싶은 시점 중에 하나다.

나는 "이것만 사용해!"라고 주장하는 할머니의 고집스럽고 융통성 없는 부분이 가끔 성가실 때도 있었지만 한편으로는 이치에 맞고 집념이 느껴져서 멋있기도 했다. 이것저것 헤매는 일은 언제나 즐겁다. 부디 즐거움을, 조심하기 바란다. 분명 좋아했는데 멈추어 보니 전혀 좋아하지 않았음을 깨닫게 될 수도 있으니 말이다. 인생에는 그런 일이 의외로 많다.

14

하마터면 계속
화장할 뻔했다

'어른이니까 매일 말끔히 화장하고 밖으로 나가야 한다'고 생각하며 애쓰던 게 스무 살 전후 무렵이다. 패밀리 레스토랑부터 입시 학원까지, 대학에 입학하며 시작한 아르바이트 장소는 모두 맨얼굴로 나가기 어려운 분위기가 흘렀다. 유니폼이나 정장을 입고 일해야 하니까 그 복장의 규칙이 얼굴에도 적용된다고 여겼다. 드러그스토어에서 화장품 한 세트를 샀다. 그리고 남이 하는 그대로 얼굴에 이것저것 마구 칠해 보았다.

나는 화장이 서툴다. 처음 산 메이크업 아이템은 아마도 아이브로펜슬, 25년 이상 씨름해 왔지만 좌우 대칭으로 그린 전례가 없다. 향상심이 없으니 발전이 없는 건지, 귀찮아서 하는 변명일 뿐인지 칠하면 칠할수록 허점이 드러나는 기분이 든다. 결점을 커버하기는커녕 짙은 화장을 할수록 얼굴에 대한 콤플렉스만 늘어나서 우울하다. 휴일 같은 날에 흥미가 당기면 아이 메이크업을 더하는 경우도 있으나 마스카라를 하면 피에로가 되고, 풀코스로 도전하면 드래그 퀸이 되어 당최 원하는 아름다움을 얻지 못한다.

이 상태로 화장을 계속하는 건 잘못된 게 아닐까 생각하게 된 두 가지 계기가 있다. 하나는 친구들과 놀러 가서 며칠 묶는 동안 여자 숙소의 기상 시간이 남자 숙소보다 2시간 빨랐다는 것. 아침 일찍 일어난 여자들은 즐겁게 몸단장을 했으나, 그 무리에 끼지 못한 채 나는 이 모습이 어쩐지 불평등하다고 생각했다. 학교에서는 남녀가 평등하다고 배우지만 그 주변에서 여자들은 매일 아침 2시간씩 핸디캡을 짊어지는 것 같았다.

나머지 하나는 화장품 회사에서 모델 체험을 했을 때의 일이다. 일반인 얼굴에 두 종류의 화장을 해 주고 어떻게 인상이 극적으로 바뀌는지 비교해서 보여 주는 이벤트였다. 실제로 극적인 체험이었다. 음영을 넣어 콧대를 높이고 작은 얼굴이 되는 데까지 30분도 채 걸리지 않았다. 아이섀도는 일곱 가지 가까이 되는 색상을 조합해서 사용했다. 아무거나 대충 사서 어림짐작으로 적당히 화장해 왔는데 그동안 내가 엄청 잘못한 것처럼 느껴졌다. 이렇게 기술력에 차이가 있으면 전문가에게 직접 맡기는 게 제일 낫겠다고 판단했다.

매일, 매분, 매초 플러스알파의 미인으로 지내고 싶은 사람이라면 직접 도구를 마련해서 얼굴의 결점을 커버하고 매력을 돋보이게 화장하는 편이 훨씬 가성비가 좋을 것이다. 되고 싶은 이상적인 모습이 명확할수록 타인에게 화장을 받으면 만족스럽지 못할 때가 많을 거다. 하지만 월등한 미인이 되고 싶은 날에는 전문가의 손을 빌리는 것도 괜찮은 방법이다. 풀 메이크업을 해야 할 경우가 1년에 몇 번 정도라면 굳이 화장 도구를 줄줄이 구비해 둘 필요가 없다.

♪♪♪

뉴욕에서 생활하다 보니 선크림과 립밤만 바르고, 눈썹도 그리지 않은 맨얼굴로 나갈 때가 많아졌다. 거리를 걷는 여성들은 피부색부터 제각기 개성이 넘치고 화장을 하든 안 하든 주변의 시선에 크게 흔들리는 일이 없다. 큼지막하고 화려

한 선글라스를 써도, 얼굴이 수수해도 왠지 모르게 여유롭다.

사람을 만나야 하는 날에는 얼굴 전체에 가볍게 파우더를 두드리고 눈썹을 덧그리고 필요하면 립스틱 정도만 바른다. 서른다섯 이후로 "어디 아파? 오늘 안색이 너무 안 좋네"라는 사람들의 걱정스러운 물음에 볼터치도 하기 시작했다. 나이와 함께 칙칙해지는 혈색과 흐트러지기 쉬운 몸가짐은 최소한으로 관리하여 건강해 보이도록, 그로 인해 남들에게 주목받는 일이 없도록 말이다.

도쿄에 있을 때 업무상 남 앞에 서는 날과 오래 남을 사진을 찍는 날에는 상점가 미용실을 예약해 전문가에게 메이크업을 받았다. 내 피부에 어울리는 색과 최신 유행하는 눈썹 모양 등을 배우면서 메이크업을 받아도 3,000엔 정도다. 계절마다 고가의 브랜드 화장품을 직접 구입하여 매일 아침 거울을 보면서 장시간 씨름하며 조악한 결과물로 계속 우울할 바에는, 기간은 한정적이어도 전문가에게 돈을 내고 미모와 자신감을 얻는 편이 단연 더 '싸다'고 본다.

전문 메이크업 아티스트가 맨얼굴을 만져 가며 건네는 잡담의 시작은 언제나 "피부가 고우시네요. 뭔가 특별한 비법이 있으세요?" 같은 말이다. 누구에게나 하는 질문이겠지만 겉치레 인사 반, 직업적 탐구심 반으로 물을 것이다. 그러면 나는 "특별히 하는 건 없는데, 굳이 말하자면 평소에는 거의 화장을 안 해요. 그래서 피부가 좋은 거 같아요"라고 말한다. 나 역시 늘 똑같은 대답이다. 직원들은 대부분 의미 없이 "그게 제일이죠"라고 말하거나, "아하하하, 저도 그래요"라며 웃는다.

화장품 매장의 직원들은 걸어 다니는 상품 선전 간판이기 때문에 빈틈없이 화장할 수밖에 없지만, 방송국에서 헤어 메이크업실에 상주하는 직원들 중에는 맨얼굴로 일하는 사람도 많다. 잡지의 미용 기사를 담당하는 편집자나 작가 중에 짙게 화장하고 일하는 사람을 본 적이 거의 없다. 안과 의사가 콘택트렌즈를 착용하시지 않는 것과 비슷한 맥락이다. 즉, 관련된 일을 생업으로 하는 사람일수록 그 일을 굳이 안 해도 된다는 사실을 누구보다 잘 안다. 그리고 그보다 좋은 게 없다는 사실을 말이다.

나를 플러스해 주는 화장을 적절히 받은 후에 어디를 가도 부끄럽지 않은 미인이 되면, 나 역시 흥이 오른다. 문득, 화장품을 좋아하는 내 친구들이 떠오른다. 기쁜 마음으로 신제품을 사고 자기의 늪에 빠져서 "얼굴이 있으니까 화장을 하지"라며 웃는, 나와는 다른 세계에 있는 친구들이다. 매일 아침, 매일 밤 그 같은 변신을 즐길 수 있다면 인생이 즐겁고 신날 것 같다. 이해가 되기 때문에 그런 삶을 부정할 마음은 추호도 없다. 하지만 매일은 아니어도 기나긴 인생 중에 아주 잠깐, 가끔 그런 기분을 맛볼 수 있다면 나는 그것만으로 대만족이다.

♪♪♪

화장을 그만두었다고 여기저기 소문을 냈더니 어느 날인가 "생얼이 허락되는 건 미인뿐이야!"라는 말을 들었다. 이 발언의 주인공은 표정이 풍부하고 이목구비가 반듯한 여성이었다. 내 눈에는 나보다 미인으로 보였지만 그녀는 자신의 생얼을 절대로 보여 주지 않았다. 즉, 그녀는 스스로를 미인이라고 생각하지 않기 때문에 계속 화장하면서 '생얼은 용납할 수 없어. 화장은 반드시 해야 해'라고 여겼다.

그렇다고 내가 화장을 그만둔 게 스스로를 미인이라고 생각하기 때문은 아니다. 여자라면 누구나 품고 있을 '미인이고 싶다'는 마음이 나에게 항상 내재된 욕구가 아니라는 사실을, 마흔을 앞두고 확실히 깨달았다. 그로 인해 나는 화장을 그만둘 수 있었다.

맨얼굴로 거리를 나가서 지하철 창문이나 쇼윈도, 화장실 거울에 비친 내 얼굴이 생각 이상으로 산뜻하지 않을 때 종종 위축된다. 각오한 이상으로 세련되지 못한 모습에 흔들린다. '누구야 이 시무룩한 기분 나쁜 못난이는' 하면서 쳐다보니 눈이 마주치는 건 나 자신이다.

황급히 나 말고는 누구도 보지 않는 거울 속 나를 향해 의미도 없이 입꼬리를 올려 본다. 울적하지 않다면 거짓말이다. "그래도 오늘의 나는 미인으로 있는 날이 아니니까 이런 모습이지" 하고 혼잣말해 본다. 내가 화장을 그만둘 수 있었던 건 이처럼 내 외모를 관용하는 법을 터득했기 때문이다.

남 앞에서 화려하세 스포트라이트를 받는 그런 특별한 날에는 나도 평소보다 아름답고 싶다. 그러나 하루 종일 재택 근무로 일하면서 사람을 만나지 않거나, 불볕더위에서 과혹한 중노동이 예정되어 있는 그런 일터에서까지 '미'를 유지하기란 여간 성가신 일이 아니다. 내 인생을 차근히 세어 보니 평범한 일상이 단연코 많다. 스킨케어나 행동거지, 태도나 내장 건강에 신경 쓰며 아무것도 안 하는 플러스마이너스 제로 상태에서 대충을 유지하는 편이 더 효율적이라는 생각이 든다. 그래서 화장을 안 해도 당당히 등을 꼿꼿이 펴고 입꼬리를 올려 보기 위해 행동하는 것이다.

'생얼이 용납되는 건 미인뿐'이라던 그 여성. "우리, 매일 액셀을 밟은 상태로 미인으로 있어야만 하나요? 매일 빈틈없이 세련된 옷을 입고, 매일 완벽하게 화장해야만 하나요?"라고 물으면 그녀는 어떻게 대답할까. "당연하죠, 여자니까!"라며 화를 내려나. 점점 이런 생각이 든다. 우리 여자들은 대체 '언제, 어디서, 누구에게' 못난이로 시간을 보낼 자유를 빼앗기고 말았을까? 같이 살지 않는 이상 누구도 내 얼굴을 보지 않을 때가 더 많을 텐데.

인류를 항구적 미인과 불변적 못난이라고 이분법적 사고로 구분하기보다 '인간은 누구나 미인인 날과 미인이 아닌 날이 있고, 못난이인 날과 못난이가 아닌 날이 있다'고 생각해 보면 어떨까. 데이트하는 날, 내근하는 날, 멋진 공연을 보러 가는 날, 여성 모임의 날, 필사적으로 공부하는 날, 인생을 건 승부의 날 등 어느 날에 어떤 스위치를 켜고 끌지에 대한 상황 판단은 스스로 하고 싶다. 그렇지 않으면 우리는 영원히 외모

지상주의의 씨름판에서 내려갈 수 없을지 모른다.

　　나는 일류 전문가에게 종종 화장을 받으며 화장을 그만둔 인간이 되어 플러스마이너스 제로 상태의 흐릿한 일상을 더 많이 살고 있다. 가끔 유리창에 비치는 내 생얼에 흠칫 놀랄 때도 있지만 '그래, 오늘은 이런 날이야. 하지만 플러스알파의 미인이 되고 싶은 날에는 빈틈없이 대변신을 할 거야'라고 다짐한다. 그렇게 평소에 화장하지 않는 자유를 마음껏 구가할 것이다.

화장을 하든, 안 하든 어떤 상황에서도

당당하게 허리를 세우고 얼굴에 미소를 머금는

자유가, 여유가 모두에게 완연히 누려지길.

제3장

일상이
홀가분해지는 비결

15

티끌 모아
　　태산을 이룬다 한들

　'돈은 주조된 자유다', 고전에 관심이 없을지라도 사회에서 일하는 성인이라면 한 번쯤 들어 보았을 말이다. 나 역시 도스토옙스키《죽음의 집의 기록》을 제대로 읽었는지 전혀 기억나지 않으나, 이 말이 자연스레 떠오른다.

　'내 주머니의 푼돈은 남의 주머니에 있는 거금보다 낫다', 이 말도 성인들은 줄줄이 외운다. '작지만 확실한 행복'처럼 입에 자주 오르내린다. 나도 써 놓고 어렴풋한 기억을 더듬어 황급히 검색해 보니 세르반테스《돈키호테》의 한 구절이었음을 다시금 확인했다. 하지만 분명 금방 잊을 것이다.

　이 두 명언을 강인하게 조합하면 '변변치 못하게 생활하는 우리가 수중의 돈으로 살 수 있는 유일한 것, 인간 한 사람

몫의 자유'라는 사상이 뚜렷이 나타난다. 소설의 원래 문맥에서 이미 한참 벗어난 채 현대인이 돈과 관련된 명언을 좋아하는 이유가 또렷이 비친다.

여기서 말하는 자유를 시간으로 바꿔 말할 수 있을지 모르겠다. 물론 이 시간은 속세의 이것저것을 정리하기 위해 소비되는 바쁜 시간이 아니다. 더욱 순수한 영혼의 휴식, 자기 자신을 위해 아무것도 하지 않는 시간을 말한다.

✎✎✎

신입 사원 때 한 선배에게 "적당히 해, 얻어먹는 일에도 익숙해져야 해"라고 살짝 야단을 맞았다. 외근을 나가서 함께 먹고 마신 후에 계산서를 보고 내가 매번 지갑을 꺼내는 태도에 이이없어하며 건넨 한마디였다. 지불할 용의가 있음을 보여 주는 자세가 예의라 믿었는데, 선배는 "내년에 후배가 생기면 더 맛있는 거 사 줘. 그렇게 갚는 거야"라고 말했다. 그 선배의 가르침이었다.

확실히 얻어먹는 위치에 있을 때는 어떤 자세를 취하든지 간에 무의미하다. 쓸데없이 저항하지 말고 마음 편히 얻어먹는 게 최선이다. 서로의 호의에 힘입어 주거니 받거니 하며 맛있는 것을 먹고 마신다. 가끔은 경비로 영수증을 끊고 가끔은 아껴 둔 용돈까지 꺼낸다. 생활을 풍성하게 채우는 행위니까 그만두지 않아도 괜찮겠지.

내가 이 선배를 본받아서 그만둔 부분이 있다. 바로 너무 꼼꼼해서 낭비를 낳는 더치페이다. 서른이 지나자 새로운 상대와 식사할 때 더치페이에 아무런 생각이 없어졌다. 서른다섯 무렵에는 잘 모르는 상대와 처음 만나서 비용을 크게 부담해도 별다른 저항이 없었다.

뉴욕에서는 대부분 무현금 거래로 진행되는데, 사람 수만큼 신용 카드를 건네면 음식점에서 기계적으로 등분하여 정산해 준다. 그 때문인지 이따금 현금 정산이 필요할 경우에는 귀찮아진다. 탁자 위를 난비하는 지폐 다발을 세다가 순간, 짜증이 일어 "자자, 젊은 애들은 10달러!" 하고 적당한 액수를 제안하지만 젊은 애들은 수중에 현금이 없어서 전자 결제를 이용한다.

커피숍 같은 데서는 계산대 옆에 팁 상자가 놓여 있어 거스름돈을 받으면 그대로 팁 상자에 넣어 버린다. 시급은 낮으면서 고객 서비스는 지나치게 높은 일본의 편의점에도 이런 시스템이 도입되면 좋을 텐데. 이런 이유로 끝자리를 올리고 올리다 보니 점점 주먹구구식이 되었다.

의식적으로 떠올리지는 않지만, 문득 예전에 굉장히 꼼꼼하게 현금으로 더치페이 하던 순간이 떠오른다. 그때 거기에 쏟은 방대한 수고를 생각하면 몇 번이고 놀란다. 술값이 조금 나올 때에도 총무가 계산기를 두드리면서 "자, 한 사람당 2,580엔씩!" 하고 외치면, 모두 돈을 바꿔 10단위까지 반올림해 가며 각자 비용을 지불했다. 잔돈이 준비된 사람은 딱 맞게 냈다며 칭찬을 받았다. 혹시나 연장자가 "나머지는 이걸로 계산해"라고 고액지폐를 내밀면 계산이 틀어진다며 소란해지기까지 했다.

예전에 '어른들이 젊은이들에게 인심 좋은 이유는, 거액을 지불하는 일에 무심한 이유는 돈이 궁하지 않아서겠지'라고 생각했다. 그러나 삼십 대 중반이 되고, 그 인식이 잘못되었다는 사실을 깨달았다. 어른의 인심이 좋은 이유는 돈이 아깝지 않아서가 아니라 다른 게 아깝기 때문이다. 특히 시간이 그렇다. 여생이 짧은 자들은 멈추어 서서 일일이 잔돈을 셀 여유가 없다.

새벽 첫차 때까지 버티는 젊은이들과 달리 잠도 일찍 온다.

'잔돈은 상관없으니까 냉큼 지불하고 2차를 가자!'는 초조함은 부유한 자든 가난한 자든 마찬가지다. 이보다 더욱 근원적인 공포에 사로잡히기 때문이다. "이상하네, 계산해 보니 500엔이 부족하네"라며 다시 계산하려는 젊은이에게 녹초가 되어 버린 어른이 1,000엔짜리 지폐를 건네준다.

나 또한 예전에는 뭐든 정확하게, 동일하게 더치페이하려고 애쓰는 사람이었다. 특히 일본인끼리 모이면 "자, 한 사람당 25.8달러씩!" 하고 빈틈없이 현금으로 더치페이를 했었다. 지금은 20달러 지폐 2장을 주고 10달러만 돌려받으면 되겠지 싶어 졸린 눈을 비비며 가만히 계산하는 모습을 바라본다.

지나치게 착실한 젊은이들에게 그냥 팁을 주고 얼른 끝내고 싶다는 기분이 들다니, 예전에는 상상도 못할 일이었다. 시간이 무한하지 않으니 돈으로 해결하는, 어느새 나도 그런 어른이 되었다.

16

지갑에서
　불순물 덜어 내기

　　자신에게 득이 되는 형태로 포인트 카드를 사람들이 잘
활용하는지 궁금하다. 구매할 때마다 쌓이는 포인트, 가게에
서 한정적으로 사용할 수 있는 할인 쿠폰, 언제나 5퍼센트 할
인만 되는 멤버십 카드, 유익한 정보가 가득한 전단지, 시크릿
할인 정보를 알리는 메일 매서신 등 참 편리하고 일자다. 일면
알수록 많은 혜택을 누릴 수 있다.

　　예전에 내 지갑도 그런 정보들로 가득했다. 포인트를 목
적으로 가입한 여러 장의 신용 카드가 빼곡히 채워져 있었다.
도심에 한 곳뿐인 부티크부터 동네 슈퍼, 전국 체인점 카레 가
게까지 온갖 특전 카드들로 지갑이 잔뜩 부풀어 올라 있었다.
지폐 이외의 것이 많이 들어가 있으면 수중의 현금을 파악하

기 어려울 뿐만 아니라 지갑이 두꺼워져 동전 케이스가 잘 닫히지 않는다.

10년 전쯤 지갑 속을 마음먹고 '단샤리(불필요한 것을 끊고, 집착에서 벗어나는 삶의 방식)' 했을 때, 숭숭 비는 지갑의 흐물흐물한 감촉이 왠지 무서웠다. 그 이후로 나는 다른 사람들이 받는 다양한 카드 혜택을 모두 잃었다. 심사숙고하여 해지를 보류한 카드 발행처인 세카이도와 빅카메라 이외에는 어디를 가도 비싸게 쇼핑할 수밖에 없다. 그 차액은 평생에 이르면 터무니없는 금액일 것이다. 나의 어리석은 결단으로 돌이킬 수 없는 손해를 보지는 않을까 걱정이 되었다.

그렇지만 매일 들고 다니는 지갑이 산뜻하게 가벼워지는 쪽이 훨씬 낫다는 게 현재의 판단이다. 스마트폰 애플리케이션도 마찬가지다. 개인 정보를 뜯기고 1회에 100엔 정도의 할인에 기뻐한다면 차라리 타성에 젖어 지속 중인 소셜 게임에 지출되는 요금을 몇 번 참는 게 훨씬 절약이다. 나머지는 내가 손해를 입었다고 억울해하지 않는 등 마음먹기에 달려 있다.

♪♪♪

회사원 시절의 어느 날, 나는 내가 마음 깊은 곳에서부터 모 튀김 덮밥 가게 체인점에서 밥을 먹고 싶은 게 아니라 오로지 지갑 속의 할인권을 사용하고 싶어서 그 주에 세 차례나 채소 튀김 덮밥을 먹으러 갔다는 사실을 깨달았다. 일단 가면 할인권을 사용할 수 있고, 또다시 그 자리에서 할인권이 발행된다. 이와 비슷한 일은 다섯 번 방문하면 한 번 무료 서비스를 제공하는 모 샌드위치 가게에서도 일어났다.

엄청난 추위에 호우가 내리던 날에 모 찻집까지 걸어가면서 체온을 빼앗기고 양말까지 흠뻑 젖는 일도 있었다. 대체 왜 바로 그 자리에 있던 자동판매기에서 캔 커피를 사서 회사로 돌아가지 않았을까. 사실 나는 커피 한 잔 무료 교환권 때문에 걸음을 멈추지 못했다. 지갑 속의 종잇조각에 조정당하여 육체가 제어 불능 상태에 빠진 것이다. 스스로 발을 멈출 수 없었다. 그때서야 좀 위험하다고 생각했다.

이득을 따지기 이전에, 아무리 생각해도 이건 식탐을 넘어 정신병 초기가 아닐까 걱정스러웠다. 내가 포인트 카드나 할인 쿠폰을 모두 파기한 것도 이런 이유에서였다. 이득이라는 이름의 콩깍지를 벗겨 내자 지갑과 마찬가지로 기분이 숭숭 뚫리고 육체도 흐물흐물하니 기력이 쇠약해졌다. 그러나 체력을 서서히 회복한 후 뒤돌아보니 나는 절약의 마수에 빠져 있음을 깨달았다.

　처음 방문한 출장지의 마사지 가게에서 "회원 카드 만드시겠어요?"라는 물음에 "괜찮습니다"라고 대답했다. 나는 이 지역 사람이 아니다. 또 이 지방 도시와 이 가게에 다시 올 일이 없다. 그때 "전국에 체인점이 50곳 정도 있어요"라는 한층 더한 공격을 받았다. 크게 흔들리다가 "그럼 부탁합니다"라고 대답하려는 본능을 억누르고서 "괜찮습니다"라고 웃는 얼굴로 답했다. 괜찮다. 나는 이 지역 사람이 아니다. 포인트가 쌓이지 않아도 끄떡없다. 차라리 다른 별에서 온 외계인이 되련다.

　여기까지 읽고 나서 내가 상당히 오버한다고 느껴도 괜찮다. 대부분의 사람은 이곳저곳의 회원이 되어도, 포인트를 쌓고 쿠폰을 받아도 나처럼 정신을 침식당하는 일은 없을 거다. 절약이 맞는 사람도, 맞지 않는 사람도 있다. 또 꾸준히 돈을 모으는 일이 일상의 위로나 낙이 되는 사람이 있는 반면에 인색해지는 일 자체가 스트레스인 사람도 있다. 그저 그뿐인 거다.

　　　　　*�**

　포인트 카드 단샤리에 성공하자 나는 내 돈으로 택시나

그린차(일본 철도의 특별 객차)를 타는 일에도 주저함이 없어졌다. 지하철이 더 싸다거나 자유석이 더 싸다거나 하는 건 중요하지 않다. 녹초가 된 나는 지금 돈을 내고 쾌적한 이동 시간을 구입한다. 거기에 정규 요금을 지불하는 것은 손해가 아니다. 인터넷으로 사전 예약이 가능한 조기 할인보다 비싸도 어쩔 수 없다. 나는 지금 지구에 막 도착한 외계인이니까.

할인 판매 기간 이외에 새로 나온 정장이나 신발을 살 때에도 전보다 더 자유로워졌다. 사실 반값으로 할인할 때 사면 원가보다 더 싸게 살 수 있지만 원하는 제품의 사이즈나 재고가 있을지 없을지 모르기 때문에 도박과 같다. 그러므로 아무리 갖고 싶어도 가격이 부담스러우면 얌전히 물러나고, 아슬아슬하지만 살 수 있는 정도면 망설이지 말고 바로 그 자리에서 사기를 실천한다. 언제 다시 시구土 쇼핑하러 올 수 있을지 모르기 때문이다. 왜냐하면 나는 외계인이니까.

내가 포인트 카드를 버린 시기는 "밥, 적게요"라고 말하기 시작하면서부터다. 나는 무료 리필 가게에서 수북이 담긴 흰밥을 맛있게 먹는 사람을 보고 있으면 기분이 좋아진다. 식욕이 왕성해져서 아주 좋다. 무료 리필이라는 이득을 나도 어서 만끽하고 싶다. 그 같은 나의 내면의 생각을 깨달으며, 나는 지금껏 내가 얼마나 습관적으로 밥을 더 먹어 왔는지를 새삼 깨달았다.

이득과 절약을 향한 집착을 버린 지금은 가게 앞에서 잽싸게 포인트 카드나 멤버십 애플리케이션이나 꼼꼼하게 오린 종이 쿠폰을 내미는 사람들이 어쩐지 눈부시다. 과거에 내가 휘둘리던 마수를 자유자재로 다루는 사람들을 보면 정말이지 경이롭다. 이전의 뒤틀린 생각으로 인해 손해를 볼까 봐 더 이상 억울해하지 않는다. 그저 순수한 마음으로 그들을 바라볼 뿐이다. 더 나아가 아름다운 자태를 바라보는 듯하여 황홀하기까지 하다.

17

명품 가방을 들면
멋진 여자가 될까?

2018년 봄, 한 남자가 가방으로 여자의 등급을 매김으로써 웹 사이트를 떠들썩하게 만들었다. 삼십 대 여성은 30만 엔대에 해당하는 셀린느와 미우미우를, 이십 대 중반의 여성은 루이뷔통과 프라다를 거론하며 독자적으로 고급 명품 가방으로 여성들을 서열화했다. 그렇게 여사의 명품 가방에 따라 센스가 미묘히 다르다고 운운하면서 개인적인 견해를 늘어놓은 한 남성이 트위터를 뜨겁게 달구었다.

내가 이 사건을 재차 주목하는 이유는 일본의 고도 경제 성장기에 시곗바늘이 멈춘 고령자가 한 말이 아니라 삼십 대 초반의 독신 남성이 내뱉은 발언이기 때문이다. 소지품의 총액으로 사람의 값을 매기는 사상은 분명 20세기에 사라진 줄 알았다. 나보다 어린 사람의 입에서 그런 말이 절대로 나오지 않을 거라 생각했던 터라 무척 놀랐다.

나는 일본의 버블 경제 시절에 유년기를 보냈다. 당시 일본은 지구상의 모든 고급품을 사재기하는 듯했다. 가격표를 그대로 매단 듯 누구나 알기 쉬운 고가의 상품이 항구에 넘쳐 났다. 그런 시대의 풍조 때문이라고 말하면 이상하지만 나는 어른들에게 "브랜드 로고가 큼지막이 박힌 옷이나 가방을 과시하듯이 보여 주기식의 태도는 참으로 품위 없다"라는 말을 귀에 못이 박히도록 들었다.

요즘 삼십 대 남녀는 철들기 전에 일본의 경기가 기운 세대라서 그런 말을 들을 기회가 상대적으로 적었을지 모른다. 그래도 좋은 어른이 되려면, 어느 세대든지 간에 명품으로 치장하고서 이성의 평가를 기다리는 태도는 지양해야 한다.

내가 십 대 때 여중고생들 사이에서는 루이뷔통 모노그램에 교과서와 도시락 통을 넣고 등교하는 게 유행이었다. 흔히 말하는 '코갸루(독특한 패션이나 생활 방식 등을 동시대 문화로 공유하는 여고생, 젊은 여성)' 세대다. 도쿄 내 모 시립 여학교에서는 할머니에게 물려받은 명품 가방을 사용하는 타고난 공주님들만 최상위로 평가되었다. 반면에 부모가 사 준 번쩍번쩍하고 빳빳한 새 가죽의 시즌 상품을 학교에 들고 오는 학생들은, 보이지 않는 곳에서 벼락부자라고 비난받거나 꼴불견으로 분류되었다.

그 뒷담화를 듣는 순간, 나는 백기를 들며 항복해 버렸다. 고가의 제품일수록 특히 천 엔, 만 엔 단위의 제품은 바로 질이 좋다는 사실을 실감할 수 있다. 하지만 그 이상은 뻔한 맥락의 세계가 아닌가. 뛰는 놈 위에 나는 놈 있다. 끝없는 평가의 접전이 전개된다. 벼락부자라는 소리에 화를 내는 사람들도 결국에 성이나 작위라도 사서 상류 계급에 들어가고 싶은 무리다. 하지만 그 필사적인 노력은 타고난 귀족들에게 바보처럼 보일 뿐이다.

보잘것없는 회사원의 딸인 나는 그런 헛된 경쟁에 도저히 가담할 수 없다고 생각했다. 지금도, 앞으로도 가능하면 평생 연관되고 싶지 않았다. 나는 책가방으로 미국 백화점에서 만든 싸고 튼튼한 비닐 가방을 고등학교 졸업할 때까지 쓰기로 결심했다.

지금도 쇼핑할 때 가장 작게 접을 수 있는 지갑, 방수가 확실한 부츠, 두꺼운 책을 몇 권 넣어도 바닥이 빠지지 않는 배낭 등 실용성을 최대한 고려해서 물건을 구매할 때가 많다. 때로는 남성용 아이템을 사기도 한다. 유행에 민감하게 반응하거나 가격에 특별히 욕심내지 않는다. 고성능이면 값싼 물건이어도 별로 신경 쓰지 않고 잘 사용한다.

질 좋은 고급품, 명품의 장점을 전혀 모른다는 소리가 아니다. 남자가 굳이 알려 주지 않아도 몸소 이해한다. 순위에 흥미가 없다고 해도 셀린느, 구찌, 에르메스 같은 명품은 나도 구매해 보았다. 모두 내가 평생 쓸 물건이다 보니, 엄한 곳에 함부로 들고 다니지 않으려 신경 써서 사용할 뿐이다. 이상한 무리의 눈에 띄어 순식간에 평가받지 않도록 말이다.

반대로 매년 1만 엔, 5만 엔, 10만 엔씩 오르는 의상비가 어이없다고 느껴질 때마다 일부러 브랜드 자라의 원피스나 캐릭터 티셔츠를 입고 고급스러운 모임에 참석하기도 한다. 그렇게 행동한다고 해서 내 가치가 변할 리 없다고 믿는다. 내 또래 여성이라면 비슷한 경험이 누구나 한 번쯤 있을 것이다.

트위터에 해시태그를 붙여 '여자의 가치를 결정하는 가방'을 검색해 보았으면 한다. 금붕어 가방, 공작새 소형 가방, 공중전화 배낭, 칠면조 통구이 파우치에 절인 연어 바디 백 등

장난기가 가득하고 사람들이 직접 만든 기능적이고 개성적인 가방들을 볼 수 있을 것이다. 그 개념 없는 남성의 발언에 여성들이 내민 대답이다. '내 가치를 결정하는 건 세상에 하나밖에 없는 이 가방뿐이다'라고 말이다. 모두 같은 생각이구나 싶어 왠지 알 수 없는 용기가 솟아난다.

18

돈에 대한 불안으로부터
멀어지는 법

"오카다 씨, 돈에 대해서 지금껏 진지하게 생각해 본 적 없죠?"라는 말을 들었다. 당시 이십 대 중반의 신입 사원으로 샐러리맨 생활에 겨우 적응하던 참이었다. "말이 심하네요. 제대로 생각하고 있어요. 노, 노후 자금이라든지"라며 내가 당황해하자 상대에게서 "괜찮아요. 괜찮아, 괜히 쓸데없이 생각하지 말아요"라는 의외의 대답이 돌아왔다.

그 사람의 직업은 자산 관리사다. 나는 돈 전문가에게 도장을 확실히 찍고 난 이후부터 더 이상 돈에 대해 고민하지 않는다. 보다 정확히 표현하자면 돈 전문가에게 단순하게 돈을 자동화, 효율화하는 여러 가지 방법을 배웠다. 이를테면 월급날에 은행 계좌에서 이체되는 적립 정기 예금액을 두 배로 올렸다.

집세, 관리비, 학자금 대출이 모두 같은 계좌에서 자동 이체로 나가기 때문에 매월 미미한 돈만 손에 남는다. 그마저도 월급날이 되면 다 찾아 쓴다. 나는 생활비나 유흥비가 부족하다고 바로 에이티엠 기계로 달려가 현금을 찾아서 쓰지 말라고 배웠다. 그래서 평소에 들고 다니는 지갑에, 집에 정해진 자리에 현금을 채워 두고 항상 잔액을 확인한다. 이렇게 생활하는 편이 확실히 낭비를 제어하기 쉽다.

매스컴과 관련된 일을 할 때 업무적으로 사용된 경비를 지급받을 수 있는 기회가 굉장히 많았다. 그러다 보니 회삿돈을 책값, 식대, 교통비 등 이곳저곳에 막 사용하였고 계속 사비와 혼동해서 쓰다 보니, 씀씀이가 거칠어졌다.

자산 관리사에게 배운 대로 경비 전용 신용 카드와 은행 계좌를 구분해서 개설했더니, 정신없던 예금 통장이 굉장히 산뜻해졌다. 잦은 출장으로 인해 청구할 영수증이 많은 달에도 제대로 정산받기만 하면 경비 계좌가 텅 비는 일이 점차 줄어들었다. 동시에 개인 계좌도 잔잔한 호수처럼 평온해졌다.

기술을 세세하게 하나하나 실천하는 사이, 돈에 대해 생각하는 시간이 확실히 극적으로 줄었다. 돈을 잊어버리는 시간이 길어질수록 에이티엠 기계로 달려가 이용 수수료를 야금야금 뜯기며 일희일비할 때보다 신기하게 저축이 늘었다. 전문가가 말한 '너무 생각하지 말라'의 의미가 이거였나 보다.

◢◢◢

나는 항상 돈이 부족했다. 처음으로 세뱃돈을 받은 어린 시절부터 점심값을 줄여 용돈으로 충당하던 중고등학생 시절, 여러 개의 아르바이트를 한 번에 하던 대학생 시절까지 매번 돈이 부족했다. 사립 학교를 다니면서 월등히 유복한 가정의 친구를 사귄 탓도, 사춘기에 일본의 버블 경제가 무너진 탓도 있을 거다. 가난했기 때문에 자유를 누릴 돈이 부족할 수밖에 없었다. 지금도 거리에서 길을 헤맨다. 이 역경을 극복하려면 복권 당첨밖에 방법이 없는 듯하다.

인생을 뒤돌아보니 사실 나는 그렇게까지 깊이 절망하지 않아도 되는 형편의 인간이었다. 중소기업에서 정규직으로 근무하면서 적지만 안정된 수입이 있었고, 건재한 본가의 부모 덕분에 부양할 가족도 없었다. 빚도 학자금 대출뿐이었다. 출산, 육아, 부동산 같은 목표가 명확히 생기면 자금 조달이 따로 필요할 수 있겠지만 특별한 계획이 있지는 않았다.

문득, 오늘 회사가 망해도 내일 당장 굶어 죽지만 않으면 복권을 사기보다 예상하지 못한 일이 발생하더라도 당분간 죽지 않을 정도로 생활할 돈만 따로 저축해 두면 그걸로 충분하지 않을까, 생각했다.

적립 정기 예금액을 두 배로 올렸을 때 반년도 지속하지 못할 것 같았는데, 그로부터 얼마 지나지 않아 나는 목조 공동주택에서 콘크리트 아파트로 이사했다. 그때 이사하면서 월세는 1만 엔 가까이 오르고 이사 비용도 수십만 엔이 들었다. 그동안 '없다'고 생각했던 내 돈으로 모든 것을 마련했다.

회사에서 부서를 이동할 때도 한 달에 받는 실수령액이 수만 엔 떨어졌지만 당장은 버틸 수 있었다. 학자금 대출도 초기의 반제 계획보다 훨씬 빨리 갚았다. 또 삼십 대 중반에 이직 준비 기간까지 연명할 수 있는 저축 통장도 새로 만들었다. 이십 대 때는 대체 무엇을 하느라 그렇게 돈을 탕진했는지 궁금했다. 운용하여 불릴 정도의 목돈은 없었지만 냉정하게 혼자서 살아갈 정도는 있었다. 돈은 억만금이 아니어도 생활을 굴려갈 수 있으면 충분하다.

어지러운 방을 깨끗이 청소하다가 잃어버린 줄 알았던 물건을 오랜만에 찾은, 수도꼭지를 꽉 잠갔더니 수도 요금이 내려갔다는 어처구니없는 경우라고 볼 수 있다. 그렇게 일확천금을 꿈꾸면서 새까맣게 부풀어 있던 미래에 대한 불안이 눈 녹듯 사라졌다.

♪♪♪

돈을 생각하는 시간을 최대한 줄이려 한다. 방법은 다양하다. 가장 단순하고 명쾌한 방법은 소비보다 빠른 속도로 돈을 버는 것이다. 내 주변에 취미 활동에 강한 덕후력을 자랑하는 고학력, 고수입의 여성들이 많은데, 그녀들의 경제관념은 대개 엉성한데도 불구하고 모두 행복해 보인다. 그래도 걱정인 사람은 나처럼 자산 관리사를 통해 금전 관리 시스템을 자동화하고 간략화할 수 있다.

나는 특별한 절약을 그만두는 일에서 할인 쿠폰과 포인트 카드 이용을 해지하고, 생각나면 갑자기 쓰던 가계부를 버리면서까지 모든 것으로부터 홀가분해지고자 노력했다. 가만히 손 놓고 있어도 되나 싶은 불안감도 들었지만, 자산 관리사는 오히려 "오카다 씨처럼 게으른 사람이 기분에 따라 쓰는 가계부는 오히려 시간 낭비"라고 말했다. 그럼에도 불구하고 돈이 낭비될까 봐 너무 걱정된다면 일주일, 한 달 등으로 기간을 구분지어 명세서를 확인해 볼 수 있다. 나도 그것만큼은 지금까지 계속 확인 중이다. 아주 가끔씩.

나를 둘러싼 돈의 흐름, 그 규칙을 바꾸는 것만으로도 절감되는 비용이 꽤 컸다. 여기서 말하는 비용은 돈뿐만이 아니다. 하루 종일 손익을 계산하며 미래를 두려워하는 시간, 월말의 점심시간에 에이티엠 기계 앞에 줄 서서 잔고를 결산하는 노력, '돈을 너무 생각 없이 막 쓰는 게 아닐까? 잘못되지 않았을까?' 하는 막연한 걱정, 정체불명의 콤플렉스 등 눈에 보이지 않지만 돈으로 환산이 가능한 많은 것을 포함한다.

돈을 대하는 방식은 사람마다 다르다. 몇 번 노선해도 삼일로 끝나는 가계부를 노력해서 계속 쓰는 일을 그만두자. 발상의 전환만으로도 인생에서 생각지도 못한 낭비가 크게 줄어들 수 있다. 내가 통장을 두 개로 나누어 쓰기 시작한 것처럼 말이다.

19

커피 한 잔 정도는
　홀가분하게

　마흔 언저리의 나는 대개 문제를 돈으로 해결할 때가 많다. 이렇게 말하는 나를 보고, 젊은 시절의 나는 분명 놀랄 거다. 어린 시절에 나는 인색할수록, 욕망을 참을수록 저금통에 돈이 쌓이고 그만큼 풍족해질 거라 믿었다.

　절약에 대한 강박관념을 버려야 인생의 총비용이 절감된다는 사실을 깨달은 건 아주 최근의 일이다. '싼 게 비지떡'이라는 말과 '돈은 자고로 모으는 게 아니라 쓰면서 불리는 것이다'라는 말을 이제야 이해가 된다. 이를테면 2,000엔짜리 옷 열 벌을 사서 입고 금방 버리기보다 2만 엔을 내고 마음에 드는 옷 한 벌을 사는 것이다. 세탁기에 돌리면 금방 너덜너덜해지는 패스트 패션을 피하고, 여기저기 헌 옷 가게에서 우연히 발견할지도 모르는 싼 옷을 찾기 위해 노력하지 않고, 마음에 드는 옷을 발견하면 그 자리에서 바로 사는 것이다.

미리 구입할 수량을 엄선해 두었기 때문에 코디하기 어려운 아이템은 무모히, 섣불리 도전하지 않게 되고 할인 기간에 낭비를 방지할 수 있게 된다. 또 조금이라도 갑갑한 옷이나 발이 아픈 신발은 금방 단념할 수 있다. 그러나 탈의실에서의 체류 시간이 단축되어도 쇼핑의 쾌락은 쉬이 줄어들지 않는다.

옷차림으로 타인을 판단하는 경우가 많더라도 생각보다 사람들은 타인이 입는 옷에 별로 관심이 없다. 십 대, 이십 대 시절에는 최신 유행을 절대 기준으로 삼고 따르지만 어른이 되면 '어울린다'는 칭찬 한마디로 모든 게 결정된다. 내가 잘 입을 수 있는 브랜드만 받아들이고 어울리지 않으면 '이번 시즌은 패스'라고 미련 없이 떠나보낼 수 있다. 오히려 10년 넘게 돌려 입은 몇 가지 패턴의 비슷한 실루엣의 옷들이 입으면 입을수록 잘 어울린다고 칭찬받는다.

20만 엔짜리 옷은 아직 엄두가 나지 않지만 2만 엔짜리 옷은 주저 없이 살 수 있는 사십 대가 되었다. 2,000엔짜리 옷을 몇십 벌 사도 '부족하다'며 고민하던 젊은 시절의 나와 확연히 다른 모습이다. 번쩍번쩍하는 싸구려 새 옷보다 다소 낡아도 홈집이 거의 없고 체형에 딱 맞고 착용감이 좋은 옷이 훨씬 야무져 보인다. 이런 발견은 내 육체가 더 이상 반짝반짝 빛나는 젊음을 강점으로 하지 않는다는 사실과 관계가 있다.

며칠 전 트위터에서 영화배우 위노나 라이더가 27년 전과 현재에 똑같은 티셔츠를 입은 모습이 비교된 사진이 화제였다. 그다지 멋스러운 차림도 아닌데 힘을 뺀 분위기가, 그게 또 감동을 준다. 십 대 시절에는 헌 옷 가게를 돌면서 알지도 못하는 누군가가 쓰고 버린 제품을 사 모았지만, 마흔부터는 빈티지 가치를 높일 수 있는 아이템을 자신의 옷장 안에서 발견할 수 있을 것이다. 마흔에는 나의 매력이 더욱 커져 갈 수밖에 없다.

♪♪♪

몇 년 전 이사할 때 평생 버릴 수 없을 거라 생각했던 장서, 시디, 디브이디 등을 제법 처분했다. 제일 부피가 컸던 물건은 장편 만화, 그 다음이 하드커버 문예서다. 그동안 학창 시절부터 사 모은 종이책 컬렉션을 처분하는 일에 거부감을 느꼈지만 시대가 변했다.

90권 가까이 발행된《원피스》를 전자 서적으로 일괄 구입하면 가격이 4만 엔도 안 한다. 작년 겨울에 새로 맞춘 코트보다 싸다. 한편 90권의 종이 만화책을 바닥에 쌓아 두면 그 자리를 차지함으로써 발생하는 한 달 월세가 족히 4만 엔은 넘지 않을까 싶다. 계속 양쪽을 저울질하는 사이에 킨들 단말기로 독서하는 게 익숙해졌으니, 나는 참 타산적인 인간이다.

오래된 소설 등은 아직 전자화되어 있지 않은 것도 많고, 초판과 문고판의 디자인이 다르다는 이유로 개정판이 있어도 종이책은 좀처럼 쉽게 놓지 못한다. 그래도 여러 번 다시 읽은 책일수록 검색률이 높은 전자 서적이 훨씬 관리하기 편리하다. 단말기로 관리하면 장소와 함께 구입 이력의 일람성이 높아지기 때문에 출장지에서도 어지간한 조사 시에 도움이 된다.

젊은 시절의 나는 '값을 배로 들여 킨들 단말기를 새로 사다니, 바보 같아' 하고 생각하는 짠돌이였다. 동시에 스스로가 훌륭한 경제관념을 갖추었다고 철석같이 믿었다. 그러나 점점 늘어나는 종이책에 둘러싸인 채 인생에서 소유한 많은 짐과 무거운 과거에 질질 끌려다니다가는 옴짝달싹하지 못할 것 같았다.

미니멀 라이프, 관리 비용 삭감, 중량 초과로 인한 각종 추가 요금 면제 등 홀가분해지기 위한 투자라고 생각하면, 이 부분은 아껴야 할 지출이 아니라고 본다. 그러한 연유로 서서히 장서를 줄이고 장르, 타이틀 순으로 정연하게 정리한 과시용 책장도 철거해 버렸다.

눈으로 보고 만지며 책장을 찾는 일은 매우 즐거운 행위지만 모든 것을 완벽하게 정리 정돈하기란 사실상 불가능하다. 도저히 버릴 수 없는 소중한 물건은 상자에 담아 옷장 구석에 수납하고 있다. 시간이 넉넉할 때는 추억이 꽉 닫힌 보물 상자를 열 듯 꺼내 보는데 그 재미가 쏠쏠하다.

⫻

"매일 아침 직장 근처의 스타벅스에서 커피를 사는 사람들이 있죠. 티끌도 쌓이면 매월 1만 엔 가까이 되는데, 식비를 절약하고 싶은 사람에게는 낭비일 테니 즉각 그만두어야 하겠죠. 그러나 작은 사치가 돈 벌 의욕으로 이어진다거나 바쁜 아침에 커피 한잔으로 공부하는 시간을 확보할 수 있다면, 어쩌면 단돈 몇백 엔으로 미래를 샀다고 말할 수 있겠죠."

자산 관리사에게 들은 비유담으로, 이는 내가 평생 잊을 수 없는 말 중에 하나다. 지출을 아끼는 데만 급급하면 돈보다 중요한 것을 잃을 위험성이 있다. 또 누군가에게는 낭비로 치부되는 돈이 누군가의 미래에는 없으면 안 되는 중요한 경비가 될지도 모른다.

정신없이 바쁜 도시 노동자에게 자급자족은 그야말로 최고급 사치품이다. '집에서 마시는 것이 싸게 먹힌다'는 발상은 돈보다 시간을 중시하는 사람의 가치를 완전히 배제한 생각이다. 매일 아침 일찍 일어나서 커피를 내려 마실 수 없다면 돈 주고 사 먹으면 된다. 커피값은 계속 인상되지만 요즘 편의점에서 파는 100엔짜리 커피도 맛이 꽤 괜찮다.

돈을 사용해 시간을 산다. 수고를 줄이고 고민을 푼다. 즉, 돈으로 얻은 자유가 원기를 보양하고 나아가 돈까지 창출한다. 무리하지 않는 선에서 생활을 꾸려 나간다면 자신의 소비가 떳떳하지 않다고 고민할 필요는 없을 것이다. 그 대신 매일 어느 정도의 돈으로 지금보다 풍족하게 살아갈 방법은 없을까, 이것저것 또 생각한다. 이 커피는 내가 절제해야 할까 말아야 할까, 어느 쪽이려나?

절약하는 강박에서 벗어난 후부터

나의 시간이 생겼고, 수고가 줄었고, 고민이 풀렸다.

그 홀가분함으로 원기를 보충하며 돈도 버니,

완벽한 일석N조다.

20

돈을 아끼지 않을 줄
안다는 것

지인 중에 나를 '돈 쓰는 여자'라고 생각하는 남자가 있다. 그의 잘못된 생각을 바로잡고자 몇 번 부드럽게 해명해 보았지만 그는 나를 오해하기로 작정했는지, 어떤 말을 해도 자기가 멋대로 해석했다. 분명 내가 싫은 거다. 그래서 나도 나를 돈 쓰는 여자라고 오해하는 남자라고 그를 인식하기로 했다.

나와 그는 함께 식사를 하거나 따로 만난 적은 없다. 친구의 친구라는 관계 때문에 어쩔 수 없이 어울리는 사이다. 여러 명이 모이는 모임이나 파티에서 서로의 근황만 주고받는 딱 그 정도다. 내가 모임에 약간 멋을 내고 가면 "또 남자 기죽이는 비싸 보이는 옷 입고 왔네!"라고 말하며 웃는다. 또 내가 인스타그램에 맛있는 음식 사진을 올리면 '항상 좋은 가게에서 좋은 거 먹네!'라고 댓글을 남긴다. 따지고 보면 사실 그에게 악의는 없다.

하지만 정말로 나는 잡지에 나오는 고급 명품에 관심이 없다. 오늘 내가 입은 옷도 상의는 헌 옷에 하의는 유니클로, 배낭도 기능을 최우선으로 고려해서 산 것이다. 그리고 평소에 먹는 음식은 모습이 변변치 않아서 올리지 않다가 가끔 맛있게 먹으러 갈 때 찍은 사진만 몇 장 올릴 뿐이다. 내가 이렇게 구차하게 변론해도 그는 일관된 태도로 "요점은 한 가지잖아. 모두 어중간한 브랜드보다 비싸잖아", "이곳저곳 여행하는 순간부터 이미 우리 서민과 다른 거야"라고 말하며 나를 전혀 상대해 주지 않는다.

어째서 나를 '돈 쓰는 여자'로 오해하는 걸까. 도무지 견딜 수 없다. 그러는 그는 일본 유수의 모 일류 기업에서 근무하는 독신 귀족으로, 연 수입은 아무리 낮게 추측해도 내 수입의 두 배가 족히 넘는다. 그의 소유를 돈으로 환산하면 나 같은 사람은 감히 발끝도 따라갈 수 없을 정도다.

그는 입버릇처럼 "돈이 없다"고 말한다. 휴일에 같은 옷을 돌려 입고 무한 리필 술집에서 흥청망청 술을 마시지만 절대 2차 이상을 가는 법이 없고, 슬롯머신이나 소셜 게임에 돈을 쓰는 사람들을 '바보'라고 칭하며 열변을 토한다.

모순적이게도 그는 만화, 영화, 유상 소프트웨어는 모두 불법으로 다운로드해서 사용하면서 이 사실을 아무렇지 않게 큰소리로 이야기하고 다닌다. 그러면서 자신이 얼마나 깨끗하고 청렴하고 검소한지, 얼마나 돈을 아껴서 현명하게 사용하는지에 관해 사람들에게 어필하고자 한다. 동시에 '돈 쓰는 여자'는 매력적이지 않다고 말한다.

회사에서는 분명 그럭저럭 고급 정장을 전투복 삼아 경영인 같은 분위기를 풍기며 감쪽같이 그 같은 짠돌이 기질을 감추고 있을 거다. 어쩌면 나를 닮은 어떤 여자에게 탈탈 털린 호된 경험이 있을지도 모른다. 혹은 빚을 떠안은 노부모를 부양할 수도 있다.

그가 일부러 더러워진 구두를 신는 것처럼 보이는 이유도, 타인의 씀씀이를 과도하게 비난하는 것도 어쩌면 자기방어적 태도일지 모른다. 그래도 내 지출은 내가 알아서 관리하니까 그 같은 경계심을 그렇게 노골적으로 드러내지 않으면 좋겠다. 이 말도 절약가인 그의 귀에는 헤프게 들리겠지만 말이다.

확실히 나는 어느 때를 계기로 돈을 아끼지 않기로 했다. 하지만 그건 수입이 배로 증가해서도, 막대한 유산을 상속받아서도 아니다. 8년 전부터 뮤지컬 감상에 빠졌다. 일본에서 직장 생활을 하던 시절에 틈만 나면 같은 연극을 몇 번이고 반복해서 보았다. 이는 내 생활의 중심이었다.

도쿄 근교는 물론이고 나고야, 다카라즈카, 뉴욕까지 오직 연극을 관람할 목적으로 여행했다. 135달러, 1만 3,500엔은 일반적인 티켓비 시세였고, 소극장의 경우에는 조금 더 쌌다. 그리고 이 티켓비는 모든 일에 있어 나의 절대 기준이 되어 버렸다.

주방장 특선 코스의 회식 1인분, 그런저런 원피스 한 벌, 출장용 호텔을 살짝 업그레이드한 1박, 발 지압 마사지 60분 코스 2회, 피트니스 센터 회비 두 달, 저녁 반주나 술자리 3회, 신간 10권, 호텔에서 차 마시기 10회, 세탁소에 맡긴 블라우스의 입체 마감 100회 등 일상에서 호화로운 지출이 필요할 때마다 연극 티켓비와 비교하면서 그보다 가격이 낮으면 '싸다'고 느꼈고 그보다 높으면 '비싸다'고 느꼈다.

'이 돈이면 연극을 볼 수 있잖아' 하면서 구매를 포기한 물건도 있다. 이를테면 똑같이 13만 5,000엔을 지불한다고 했을 때, 명품 가방 하나보다 극장에서 두 번 다시는 없을 꿈 같은 시간을 10회 보내는 쪽이 더 좋았다. 반대로 정말로 살 수 없을 것 같았던 휘황찬란한 여러 고급품도 '뭐야, 이 정도 티켓비면 살 수 있겠네'라며 생각하고 사기도 했다.

　뮤지컬 관람에 푹 빠진 순간부터 티켓비 효과 때문에 초반에 뚝 떨어졌던 저축이 어쩐지 조금 불어난 듯했다. 축이 되는 지출이 생기자 이를 강하게 의식하면서 나를 둘러싼 돈의 흐름에 민감해졌고, 자연히 다른 분야에서 낭비가 줄었다. 먹으면서 빼는 다이어트 효과와 같은 이치라고 볼 수 있겠다.

　반대로 돈에는 적당히 둔감해졌다. 급할 때는 택시를 탄다. 몸이 안 좋으면 재빨리 의사에게 진료를 받으러 병원에 간다. 완전히 닳아 떨어지기 전에 신발 밑창을 간다. 즉, 사소한 일상의 편리를 위해 돈을 이전처럼 아끼지 않는다.

　연극은 시간 예술이다. 일상의 이것저것에 걸려 넘어지다 보면 극장에 도착하지 못하고 공연 시간에 늦을 수밖에 없다. 결국 일상의 편리를 위해 돈을 아끼지 않는 마음과 연극을 좋아하는 마음은 서로 연결되어 있는 듯하다.

승진해서 급여가 오르고 복권에 당첨되고 주식으로 돈을 크게 벌어도, 계속 돈이 부족하다고 여기는 사람들이 있다. 돈이 안 드는 생활을 무엇보다도 중시하는 그 건실한 부자 남자처럼 말이다. 아직 그의 앞에서 뮤지컬 관람을 이야기한 적은 없다. "그까짓 연극에 1만 엔 이상을 써?"라고 말하며 웃을 게 뻔하다. 학생 시절에는 나도 그처럼 '돈 없다'는 소리를 밥 먹듯이 했지만, 불법 다운로드를 밥 먹듯이 하는 자에게 그런 말을 듣고 싶지는 않다.

나에게 절대 기준이 있듯이 그에게도 그 같은 척도가 있을까? 사회 안에서 상대적으로 주고받는 금품의 가치와는 별개로 자신만의 판단 기준이 있을 것이다. 그것은 인생이라는 순풍에 다는 돛 같고, 유비무환으로 넘어질 때를 대비해 꽂아 두는 지팡이 같고, 혹은 다른 누구도 아닌 자신만의 행복 가치를 재는 저울의 저울추 같다. 기준만 제대로 있으면 어른은 돈을 잘 꾸려 나갈 수 있다.

그럭저럭 일하고 그럭저럭 벌면서 제한된 예산을 주시해 가며 좋아하는 옷을 입고 좋아하는 음식을 먹고 좋아하는 연극을 볼 때 필요한 모든 돈을 내가 직접 지불하고 싶다. 절약할 때도 흥청망청 쓸 때도 내 저울로 내 행복을 재면서 홀가분하게 살고 싶다.

그 남자를 다시 만날 일이 있다면 그때는 적어도 '돈을 아끼지 않는 여자'로 불리고 싶다. 나를 위해 쓰는 돈에 대하여, 그 가치에 관하여 가슴을 펴고 당당히 말할 것이다. 안 만나면 더할 나위 없겠지만, 그 같은 순간을 기대하며 그와의 재회를 기다리고 있다.

제4장

악습을 끊는
어른의 태도

21

술 따르려고
회사에 들어온 게 아닌데

어릴 때 내가 다닌 미션 스쿨에는 교칙이 거의 없었다. 학생 수첩에 적힌 교복 규정은 '우리 학교 학생에 어울리게'라는 말이 전부였다. 언뜻 자유롭고 좋아 보이지만 교사나 수녀의 주관에 따라 학생과 어울리는지, 안 어울리지의 여부가 결정된다.

소행이 나쁜 반항적인 학생은 실내화 뒤꿈치만 눌러 신어도 훈계를 들었지만 우등생은 루즈 삭스를 신어도 지적당하지 않았다. 또 정숙하고 얌전한, 본 학교의 평판을 떨어뜨리지 않는 여성스러운 학생이라는 공통 이미지에서 조금이라도 벗어나면 "신이 보시고 슬퍼하실 거야"라고 꾸지람을 들었다. 나는 애매하고 비논리적이고 불평등한 기준을 가지고 신의 이름을 들먹이며 학생들을 강압적으로 제지하려는 꼼수가 아닌가 싶어 그 같은 말이 굉장히 불쾌했다.

'선생님의 가르침을 따르는 것이 올바르다', '아버지가 말씀하셨으니까 거스를 수 없다', '남편이 퇴근하면 그때 물어보자. 나 혼자서 결정할 수 없다'는 선악의 기준을 자신이 아닌 타인에게 두고 모든 판단과 책임을 떠넘기는 말이다. 나는 이같은 유형의 사람들을 볼 때마다 암흑 소녀 시절의 트라우마가 되살아난다.

몇몇 사람들은 요리의 달인을 붙들고서 "시판되는 소바용 맛간장보다 육수를 직접 우리면 더 좋나요?"라고 일부러 당연한 것들을 질문한다. "소바용 맛간장도 편리하지만 절차를 밟아 육수를 내면 그야 당연히 더 맛있지요"라고 언질을 받자마자 그들은 그 말에서 꼬투리를 잡아 "요리의 신이라면 육수를 고집해야죠. 맛간장은 반칙이에요"라고 말하며 소란을 피운다. 항간에 넘쳐 나는 대부분의 절대적인 정답은 역사가 시작된 이후로 이렇게 날조되었을 가능성이 높다.

여학교의 교칙, 육수와 맛간장, 기모노 체험 강좌에서의 정장 차림, 공공 기관에서의 화장과 음식 등 본래라면 훨씬 다양했을, 즉 흰색도 검은색도 아닌 회색을 허용하는 구간이 있어도 괜찮았을 텐데 굳이 까다롭게 규정을 만드는 사람이 있다. 여기에 없는 신의 이름을 들먹이며 같은 인간끼리 지상의 금기를 계속해서 늘려 나간다.

결국 규칙을 위반한 사람을 단속하는 권위와 서로를 감시하는 세상의 눈이 우리의 사고를 정지시켜 버린다. 평소에 우리를 들볶는 완벽주의로부터의 속박은 대개 자기 자신의 가치 척도가 아니라 타인의 시선이 내면화된 경우가 많다.

♦♦♦

졸업한 후 입사한 출판사에서 배정받은 첫 부서는 잡지 편집부였다. 나의 직속 상사인 편집장은 사십 대 여성이었다. 그때 20명이 넘는 부원들과 함께 신입을 환영하는 회식 자리가 있었다. 편집장은 테이블 전체에 마실 것과 먹을 것이 고루 나열된 모습을 확인한 후 병맥주를 집어 들어 자신의 잔에 가득 붓고는 건배 선창을 대신하여 "나머지는, 자작으로!"라고 외쳤다.

회사원은 업무의 일환으로 술을 마시러 나갈 기회가 많다. 신입 연수 기간 중에 나는 술은 상표가 위로 보이게 들고 따라야 마땅하고 건배 시에는 잔을 받치고 들어야 한다는 등 술자리에서 어떻게 해야 하는지 매너도 교육받았다. 경쟁사도 함께 있는 접대 자리에서는 주빈에게 술을 따르기 쉬운 자리로 위치를 잡아야 하는데 이 또한 기술이라며, 어떤 아저씨가 이를 진지하게 설명해 주길래 나는 직접 메모까지 해 두었다. 회식 자리에서 손이 소홀해졌다는 이유로 "오카다, 술!"이라는 말을 들으며 혼난 적도 있다.

회사에 손님이 방문하면 남자든, 여자든, 윗사람이든, 아랫사람이든 그때 손이 비는 직원이 차를 내오는 것이 편집부 내의 규칙이었다. 평소에 신세를 많이 지는 단골 거래처 사람에게 술을 따르는 것도 마찬가지였다. 회사 조직의 팀워크를 어지럽히지 않도록 항상 최선과 최적으로 행동해야 한다고 편집장에게 자주 주의를 받았다. 그런데 술은 직접 따라서 자신의 속도로 마실 때 가장 맛있다는 게 그 편집장의 주장이었다.

술 따르기가 업무일 때도 있지만 이 자리에서만큼은 일이 아니니, 내가 마시는 술은 오로지 나의 것으로 여기자는 목소리였다. 잘 훈련받은 신입이 근무 시간에 일하듯이 빈 잔이 보이면 술을 따르려고 할 때 "쓸데없는 짓 그만해"라며 단호히 거절했다. 주는 대로 받고 다 마신 다음에 술잔을 돌려줘야 한다고 배운 나는, 편집장의 이 같은 의연한 태도에 깊이 감명받았다.

✓✓✓

'여자가 따르는 술이 맛있다'고 주장하는 아저씨는 불행히도 앞으로 영원히 근절되지 않을 것이다. 전에 남성이 따르는 술로 여겨지던 와인을 여성이 따를 경우에는 '여자 손이라 실례합니다'라고 말을 덧붙여야 한다는 기괴한 매너를 들은 적이 있다. 대체 우리는 어디까지 스스로를 낮추어야 하나 싶다. '술 따르려고 회사에 들어온 게 아닌데' 생각하며, 울고 싶은 밤도 있었지만 첫 환영회의 광경이 줄곧 내 마음의 버팀목이 되었다.

오래전부터 이어져 온 관행을 내 손으로 갑자기 싹 끊어 내기란 쉬운 일이 아니다. 하지만 가까이에 좋은 본보기가 있으면 흉내는 내 볼 수 있다. 또 한 번에 모든 것을 바꿔 나가기보다 가능한 것부터 순차적으로 시작하는 유연성도 필요하다. 높은 곳에 서면 소리도 잘 울리고 산기슭에까지 널리 퍼진다. 밑에서 크게 부르짖으면 바뀌지 않는 규칙도 높은 곳에서는 술술 갱신해 나갈 수 있다.

사내에서 당시 유일한 여성 편집장이었던 그녀는 우리에게 본보기 같은 존재였다. 또래의 선배 직원과 한잔하러 갈 때마다 그녀를 따라서 "나머지는, 자작으로!"라는 건배사를 항상 외쳤다. 나이가 쌓일수록 상석을 권유받는 일이 늘어난다. 그럴 때마다 나는 선수를 쳐서 규칙을 갱신한다. 악습을 끊어내기 위해 시작한 나만의 그만두기 릴레이다. 그리고 내가 갱신한 규칙을 다음 세대로 건네준다.

동경, 본보기에 한 걸음 가까워진 내가 주의해야 할 일은 과거에 내가 싫어하던 그 아저씨들처럼 되지 않는 것이다. 얼마 남지 않은 술을 홀짝홀짝 마시는 젊은이를 보면 가끔 "더 마셔라 마셔" 하고 술을 더 부어 주고 싶은 마음도 든다. 하지만 그건 타인의 퍼스널 스페이스를 침범하는 과잉 간섭이다. 나음 날 아침 낸 정신이 되있을 때 반드시 후회힐 행동이다. '직접 따르고 자신만의 속도로 마시는 게 가장 맛있다'는 당연한 사실을 잊어버릴 만큼 자제력을 잃어서는 안 된다. 그래서 나는 술 따르기를 그만두었다.

우리는 무의식적으로 조금 부자유스럽고, 처음부터 규

칙이 있는 편이 훨씬 안정적이라고 느낀다. 선만 덧그리면 완성되는 글쓰기 연습장처럼 말이다. 그래서 도를 넘으면 자유롭게 해석할 수 있는 여지가 있는 일에서조차 정답을 만들어 낸다.

자유는 어렵다. 또 규칙 없이 살아도 곤란하다. 새하얀 종이에 아무 도구 없이 무작정 그림을 그리기란 쉬운 일이 아니다. 그래서 모두 전통과 격식을 중요시하며, 기존의 정답에 안도하고 기뻐하면서 불문율처럼 서로를 얽매고 서로에게 속박되려 한다. 여기서 일탈하는 자는 일러바치고 개인의 기분보다는 집단의 원만함을 우선시하며 포근한 풀솜으로 전체를 밀어 넣는다. 그리고 우리 학교에 어울리는 학생, 우리 회사의 평판을 떨어뜨리지 않는 직원 등 모두가 그려 놓은 공통 이미지에서 조금이라도 벗어나면 '똑바로 하라'고 지적받는다.

흰 종이에 글자나 그림만 그려야 하는 거라면 자신의 생각대로 밑그림을 그리고 보조선을 그을 수 있다. 누군가에게 전달받거나 타인에게 강요당하지 않은 채 스스로를 다루고 용서하기 위해 자신만의 규칙을 독자적으로 개발해서 기존의 규칙을 새로운 자유를 위해 업데이트해 나가는 것이다. 그렇게 원하는 대로 그림을 그릴 수 있으면 좋다.

지금도 적지 않은 사람들이 '전국 자작회 회원'을 자칭하며 "나머지는, 자작으로!"의 릴레이 배턴을 돌리며 사회의 규칙을 갱신하기 위해 노력한다. 때로는 동조 압력을 역이용해 "종교상의 이유로 안 됩니다"라고 말하며 자연스레 술잔을 거절한다. 즉, 내 멋대로 지상에 신을 강림시켜 그에게 맹세하고 그의 가르침을 지키면서 스스로 해야 할 것과 하지 않을 것을 결정한다.

22

존댓말을 버리고 얻은
발언의 자유

아무에게나 존댓말을 사용할 때 거부감을 느낀다. '공경해야 할 연장자에게 정중히 말해야 한다'는 사실을 머리로는 잘 이해하고 있다. 그러나 납득할 수 없는 일이 너무 많다. 사실 모든 연장자에게 존경심이 생기지는 않는다. 공경할 수 없는 어른이 많다. 왜 싫어하는 선생이나 심술궂은 상급생이나 누군지도 모르는 낯선 어른이 말을 걸면 그저 나이가 어리다는 이유만으로 존댓말로 답해야 할까? 나는 그 이유를 잘 모르겠다.

부모나 조부모, 친척과는 반말로 대화하지만 이웃이나 친구의 부모, 병원 의사에게는 존댓말을 사용한다. 단순히 친밀도가 낮은 상대여서 그렇지, 친부모보다 깊이 경애하기 때문에 그들에게 존댓말을 쓰는 게 아니다. 존댓말이 일정한 거리를 유지하고 싶은 상대에게 쓰는 말이라면 이해할 수 있다. 공경하되 가까이하지 않기 위해서 말이다. 대부분의 어른들도 존경심 때문이 아니라 사이가 나빠서 서로 존댓말을 사용하는 게 아닌가 의심스럽다.

친해지고 싶은 사람, 지금보다 거리를 좁히고 싶은 사람과 악수하고 포옹하며 편하게 부르다 보면 분명 훨씬 가까워질 텐데, 반말을 허락받기 전까지는 절대로 말을 놓아서는 안 된다고 여긴다. 그 '된다'가 언제일지 얼마나 기다려야 할지 그 분위기는 전혀 가늠할 수 없다.

*　*　*

나는 예전부터 신사적인 남자를 좋아했다. 정중하게 말하고 나를 어엿한 숙녀로 대우해 주는 남자를 만나면 그대로 뿅 반해 버렸다. 이를테면 드라마 〈파트너〉에 나오는 미즈타니 유타카 같은 캐릭터다. 이런 사람은 조금 더 과감히 친해지고 싶어도 '입니다', '합니다' 같은 흐트러짐 없는 말투를 사용하기 때문에 "왜 존댓말을 하세요?"라고 물어보기조차 힘들다.

한편 첫 대면부터 계속 반말을 쓰는 사람도 있다. 거의 거들먹거리는 아저씨나 자칭 쿨한 여성에 속하는 사람들이다. 이들은 기본적으로 연하를 바보로 취급하고 퍼스널 스페이스를 침범해 괴롭힐 확률도 높다. 그런 괘씸한 작자라면 나도 사양하지 않고 반말로 응하는데, 그 모습만 보고 주위에서 좋은 사이라고 평가하여 종종 어처구니가 없다. 이럴 때야말로 은근무례한 존댓말로 주변에서 내쫓아야 했을까.

모두에게 존댓말을 쓰는 사람이 반듯하니 좋아 보여서 그런 사람과는 거리를 좁히고 반말로 편하게 이야기하고 싶어진다. 하지만 뜬금없이 반말로 말을 걸어오는 사람은 정말 싫다. 그런 녀석들은 차라리 존댓말로 멀리 떼어 놓고 싶다.

외국에서는 선생이나 상사를 부를 때 이름을 부르면서 언제든지 누구와도 대등하게 마음껏 의견을 나누는 자유가 있다는 말을 듣고, 내가 나고 자란 나라도 저러면 얼마나 좋을까 싶었다. 사실 영어를 기원으로 하는 나라의 언어에도 상대를 존대하는 표현이 많다. 이를 유용하게 활용할 줄 알아야 한다는 것을 나는 어른이 된 후에 깨달았다.

어린 시절에 부모 형제와 나눈 대화 이외에 마음껏 의견을 나누는 자유를 누려 본 적이 한 번도 없다. 나는 통학로에 출몰하는 치한 샐러리맨, 논리적 일관성이 부족한 가르침을 내세우는 교육자, 역무원이나 음식점 종업원에게 잘난 체하며 명령하는 손님, 자신의 스트레스를 해소한답시고 고함치며 타인의 머리를 때리는 술주정뱅이에게 "어이, 그만해"가 아니라 "죄송합니다, 그만하세요"라고 말했다. 이는 어쩐지 불합리하다고 느껴졌다. 내가 왜 사과해야 하지?

텔레비전에서 왕후 귀족들이 같은 톤으로 지체 높은 말투를 유지하는 모습이 아름다워 보인다. 나는 종종 예의 바른 신사의 존댓말에 우아한 표현으로 응하는 고상한 숙녀의 모습을 몽상한 적도 있다. 슬프지만, 내가 사는 세계는 그리 우아하지 않다. 상대에 따라 말투를 바꾸는데, 어떻게 바꿀지는 스스로 결정해야 한다. 그 자유를 먼저 획득하지 않으면 그 사이에 발언할 권리마저 빼앗겨 버릴지도 모른다.

중학생 때부터 체육 대회 같은 분위기를 어려워했다. 덕분에 지금도 상하 조직의 사회나 수평 연대에 잘 어울리지 못한다. 상하 관계가 엄격한 대학 동아리 활동에서 우직하게 공만 주우며 신뢰받고 사랑받는 처세술 따위는 연마하지 않았다. 대신 완전 실력주의에 자유로운 분위기인 문예부에 가입해서 불손하고 건방지고 무례한 자가 되어 사회를 삐딱하게 전전하는 두꺼운 낯짝을 갈고닦았다.

동경하는 사람과는 한달음에 거리를 좁히고 나이 차를 극복해서라도 친해지고 싶다. 반말할 수 있는 사이가 될 정도로 말이다. 그래서 매일 밤마다 말투에 관한 규칙을 설계해서 몸에 주입시키며 독자적인 말투를 만들기 위해 애썼다.

'안녕하세요. 선배가 드시는 도시락에 뭐가 들어 있어요? 봐도 괜찮아요? 우와, 달걀말이네요. 맛있겠다'는 의미를 전달하고 싶으면, 인사는 중립적으로, 상대에 대한 존경어는 충분히, 스스로를 낮추는 겸양어는 적게, 사실이나 개인적 견해를 말할 때에는 '이다' 말투를 기본으로, 공손한 말은 쓰지 않는다는 식으로 나름대로의 규칙을 세워 적절히 수정 보완해 나갔다.

그렇게 나는 무엇에든지 관용적인 선배를 실험 대상으로 삼고 아슬아슬한 선을 찾아가며 연장자에게 어디까지 시건방진 말투로 대할 수 있는지, 최대한 존댓말을 쓰지 않으면서 어떻게 말할 수 있는지에 대해 여러 시행착오를 반복했다. 내 입으로 말하기 부끄럽지만, 참 흐뭇하다.

연극부, 농구부, 탁구부 등 상하 관계가 뚜렷한 동아리에 들어가 복도에서 상급생을 마주칠 때마다 벽 쪽에 붙어 허리를 굽혀 인사하는 급우들은, 독자적으로 행동하는 나를 보고 "너 그 말버릇은 선배에게 실례야. 안 죽고 잘도 살아남았네!"라며 놀라워했다. 하지만 그런 일로 죽는 하급생을 아직까지 나는 본 적이 없다.

그녀들은 상급생들에게 최상의 높임말을 사용하여 "삼가 보겠습니다! 저 같은 것이 반찬 감상을 드린다니 당치도 않습니다"라고 말했다. 나는 그들의 과도한 황송함에 숨이 막혔다. 또 말 자체도 문법적으로 올바르지 않아서 귀에 거슬리기까지 했다.

말투를 바꾸면 인간관계의 자기장이 달라진다. 실제로 나는 존댓말을 최소한으로 줄임으로써 선배들과 더 친해졌다. 남 앞에서 어떻게 말할지를 생각하여 정한 규칙이 꽤 효과가 있었다. 그 결과, 단상에서 발표할 때의 울렁증도 다소 완화되었다. 혹시나 말투 때문에 내가 무례한 녀석이라고 미움받는다면 어쩔 수 없지, 체념하는 배짱도 생겼다. 무엇보다 어른에게 배운 대로 존댓말을 사용할 때보다 훨씬 마음껏 의견을 나눌 수 있는 자유를 얻었다.

당시에 나는 내 전용 대화문을 매뉴얼로 만들면서까지 존댓말 표현 구조에 대해 아주 진지하게 공부했다. 모든 것을 무너뜨리기 위해, 격의 없는 표현으로 바꿔 놓을 여지를 찾기 위해 배운 것이지만 시간이 지날수록 그때 확실히 익혀 두길 잘했구나 싶다.

존댓말을 쓰지 않겠다는 나의 다짐이, 이 사람 저 사람 가리지 않고 모든 사람에게 "도시락, 먹어?"라며 반말을 쓰겠다는 게 아니다. 모닥불의 화력을 조절하듯이 낮출 수 있으면 가능한 한 약한 불로 낮추겠다는 의미다. 반대로 불의 세기를 높이고 싶으면 언제든 화력 100퍼센트의 강력한 상태로 되돌릴 수 있다.

전혀 다른 접근법으로 존댓말을 쓰지 않는 동지들이 있다. 주간지 기자로 일하는 친구는 자신과 비슷한 또래들에게 바로 "반말할게?"라고 단도직입적으로 물어본 다음에 "반말하기로 했으니까, 너도 앞으로 존댓말 금지야"라고 말하며 타인에게도 자신의 규칙을 재촉한다. 이로써 언어를 기반으로 인간관계를 디자인해 나간다. 내가 첫 대면에서 그녀들의 제안에 흔쾌히 승낙한 이유도 그 같은 이유다.

다른 친구는 연구자인데 '~해 주세요.', '~해 줄 수 있습니까?' 하고 상대에게 부탁하는 경우에는 공손한 말을 사용해도, 공동으로 함께하는 일을 권유할 때는 '~안 해?', '~하자!'라고 반말을 쓴다. 권유할 때 자주 쓰는 영어 표현을 살펴보면, '~할까(Shall we)?'의 '우리(we)'는 상하가 아닌 대등의 의미다.

즉, 억지로 강요하지 않으니 거절할 때도 가벼운 마음으로 대처할 수 있는 것이다. 친구에게는 단순한 말버릇일지 모르나, 말에서 친구의 한결같은 성격이 잘 드러나는 거 같아 나는 이 표현이 정말 마음에 든다. 최근에는 나도 친구의 말버릇을 따라 하는 중이다.

지금은 누구에게나 '입니다', '합니다'로 말하는 신사들에 대한 관점이 변했다. 어릴 때부터 그들이 멋있어 보였던 이유는 말투가 아름다웠기 때문만은 아니다. 그들의 언어는 매력적일만큼 자동화되어 있다. 위로는 아첨하고 아래로는 거만하고 상대와 상황에 맞춰 태도와 말투를 이리저리 바꾸는 간사한 사람들의 언어와는 차원이 다르다.

신사들의 인상이 훨씬 좋았던 이유는 말투를 통일하고

말의 전환 스위치를 폐지하여 인생에 있어 일종의 수고를 그만두었기 때문이다. 신사들이 하는 말의 울림은 상당히 다르지만 대화문을 자동화하여 낭비를 없애 버렸다.

그런 의미에서 신사들과 나 사이에는 공통점이 있다. 바로 타인과 대화할 때 말투를 매번 망설이는 일을 그만두었다는 점이다. 자신의 언어 스타일을 정하고, 정한 후에는 망설이지 않고 실천하는 태도가 발언의 자유와 호응을 동시에 가져다줄 것이다.

나의 24시간을 소중히 여겨야 한다.

그래야 누군가가

나의 시간을 마음대로 조정하려 할 때

단호히 거절할 수 있다.

23

약속 시간을 대하는 올바른 자세

남편은 엄청 착실하고 꼼꼼한 인간이라서 어떤 약속을 해도 반드시 정각에는 정해진 장소에 도착한다. 멋진 습관이라는 생각이 들어서 꼭 본받고 싶은 마음에 나도 약속 시간 전의 행동에 신경 쓰기로 다짐했다. 그런데 약속 장소에 5분 전에 도착해도, 10분 전에 도착해도, 20분 전에 도착해도, 어김없이 남편이 먼저 와 있었다.

"미안, 또 기다리게 했네"라고 사과하면서 괜히 찜찜했다. 사실 나는 지각하지 않았다. "대체 언제부터 여기에 있었어?"라고 물어보자 남편은 "1시간 전쯤"이라고 대답했다. 흠칫 놀랐다. 충견 하치코인가. 시간을 여유롭게 사용하는 태도는 너무 훌륭하지만 공동생활을 영위하는 사이인데 조금만 시간의 보폭을 맞추면 좋을 텐데, 각자 휴대 전화도 있으니 도착한 후에 연락이라도 주면 다른 장소에서 시간을 때우고 올 수 있을 텐데 말이다.

내 말을 듣고 감화를 받은 남편이 자신은 지각을 연습해 보겠다고 했다. "당신을 본받아 나도 능숙히 지각해 볼게"라고 다짐하며 5분, 10분 늦게 등장하는 것을 목표로 삼았으나, 아무리 천천히 준비해도 항상 약속 시간 30분 전에 도착했다. "일부러 지각하는 게 쉬운 일이 아니네. 정말로 어렵다"고 말하며 심각한 표정을 짓는데 정말이지 어이가 없었다. 지금까지의 내 지각이 고의가 아니었음을 조금은 이해했으려나, 모르겠다.

✐✐✐

뛰는 놈 위에 나는 놈이 있다. 도쿄에 살 때 시간관념이 허술하다는 말을 호되게 들었던 지각쟁이인 내가, 미국에서는 시간에 엄격한 일본인으로 여겨진다. 세상의 보편적 기준이 너무 낮아서 내가 기다리는 입장에 서는 일이 많다.

공공 교통 시설에 시각표는 있으나 마나고 택배는 시간에 맞춰 도착하는 일이 거의 없다. 11시 30분에 문을 열어야 할 음식점 앞에서 정오를 넘어서까지 기다리는 일도 일상다 반사다. 직원들은 우리 음식이 먹고 싶으면 얌전히 기다리라는 표정으로 유유히 가게 안을 청소한다. 악천후에는 많은 개인 상점이 영업 마감 시간 전에 셔터를 내리고, 틈만 나면 임시 휴업을 한다.

친구네 현관 앞에서 2시간을 기다리다가 허탕을 치고 돌아온 일도 있다. 전기 공사 직원이 약속한 날에 나타나지 않아서 막판에 공사가 취소된 적도 있다. '교통 정체가 심하다', '옆집과 문제가 생겼다', '은행에 들렀는데 사람이 너무 많았다' 같은 조잡한 변명을 늘어놓으며 하나같이 '내 탓이 아니다'라고 주장한다.

하지만 비행기의 탑승 시각처럼 반드시 지켜야 하는 약속 시간의 경우에는 몇 시간 전부터 현장에 도착해서 대기한다. 지각이 내 탓이 되지 않으려면, 그 일을 피하려면 사회 전체가 착실하고 꼼꼼한 일본처럼 아니, 그 이상으로 야단스레 주의해야 한다.

미국의 한 회사에서 인턴으로 일할 때 10시에 출근하면 늘 사무실 문이 잠겨 있었다. 열쇠를 가진 직원들이 점심 시간

즈음 도착해서 "미안, 오늘은 사장이 오후에 출근이라서"라고 말하며 혀를 내밀었다. 그래도 그들은 늦게 온 만큼 한눈팔지 않고 배속으로 일했다. 그 날 해야 할 작업을 근무 시간 안에 끝내는 진행 관리만큼은 일본인보다 엄격했다. 그리고 "우리는 진짜 지켜야 할 시간은 확실히 지킨다"라고 말하면서 야근하지 않고 퇴근했다.

예전에는 지각하면 위가 아팠고 타인이 지각해도 짜증이 일었지만, 유야무야하는 미국 사회의 영향을 받았는지 5분을 지각해도 사과하지 않고, 30분을 기다려도 화내지 않는다. 무심코 30분 빨리 도착해도 요즘은 오차 범위 안에 포함되는 시간이라 생각된다. 기다리기 싫으면 주변 가게에서 점심을 먹거나 책을 읽으면서 사무실 문이 열릴 때까지 좋아하는 일로 시간을 보내면 된다. 세상만사 계획대로 되지 않는 게 당연지사라는 생각만 잘 인식하면 손해를 보았다거나 이득을 보았다거나 따지지 않게 된다.

불난리에 휘말린 지인의 직장에서 소방대원이 때려 부순 문이 철거되었는데, 이후로 벽에 구멍이 뚫린 채 최저한의 보안만 유지하며 영업을 몇 개월이나 지속했다. 신청해 둔 복원 공사가 계속 늦어졌기 때문이다. 만약 일본에 살았을 때라면 나는 이 같은 상황을 보고 내 일처럼 미친 듯이 격노했겠지만, 지금은 '그래, 문이 없어도 죽지 않네'라며 감탄할 뿐이다. 드디어 며칠 전에 문이 새로 달렸는데, 페인트는 칠하다가 만 상태다.

당연히 제대로 하지 않는 것보다 제대로 하는 게 좋다. 지각쟁이 소리를 듣는 것보다 약속 시간 전에 행동하는 게 좋고, 사무실 문도 없는 것보다 있는 게 더 좋다. 하지만 다양한 환경에 몸을 두고 인생의 경험이 쌓여 갈수록 애쓰지 않아도 되는 일들이 점점 늘어난다. 내가 어른이라는 생각 때문에 무리하게 하던 행동과 빈틈없이 새기던 습관을 되돌아본다. 이를 계기로 인생에서 무엇을 그만둘 수 있는지 찾아보면 좋지 않을까 싶다.

♪♪♪

일본 직장에서 신입 연수를 받을 때 5분 전에 출근하라는 말을 곧이곧대로 받아들인 나는 항상 정시보다 5분 일찍 출근했다. 일주일 후에 나는 상사에게 불려가서 "자네 동기 중에 제일 우수한 그는, 같은 말을 듣고서 매일 아침 15분 일찍 출근한다네. 부끄럽지 않은가?"라는 말을 들으며 혼이 났다.

정말이지 부끄러웠다. 당시에 나는 어렸고 회사에 대한 기본 상식이 별로 없었기 때문에 상사가 나에게 주의를 주면 그 자체로 고마웠다. 그리고 더 열심히 제대로 일해야 한다고 스스로를 계속 다그쳤다.

하지만 지금은 '아니, 5분 전이라 지시했으면 5분 전에 출근하면 되지. 그 이상은 근로 기준법 위반이지'라고 생각한다. 그 우수했던 동기는 지금도 어딘가에서 약속 시간 전의 행동을 신경 쓰며 1시간이고 2시간이고 일찍 출근해서 초과 근무를 밥 먹듯이 반복하고 있지 않을까. 이렇듯 우리 사회에는 곳곳에 도를 넘는 경향이 넘쳐 난다.

지금은 내가 약속 시간 전의 행동을 신경 쓰듯이, 그 이상으로 그때 그 상사처럼 타인에게 언동을 취하지 않기 위해 주의하고가 한다. 지각한 젊은이가 죽을죄를 지은 듯 나에게 와서 죄송하다며 굽신거리면, 나는 신경 안 쓴다고 웃어넘긴다. 정시면 정시, 15분 전이면 15분 전이라고 처음부터 명확히 지시하면 된다. 대개 큰 문제가 아니고, 타인에게 짜증나는 원인도 대부분 자신의 고착화된 가치관 때문이다.

약속 시간에 늦지 않는 건 최저한의 규칙이다. 늦으면 사과하고, 상대방이 늦으면 화내고, 계약 위반이면 패널티를 부과해도 좋다. 하지만 '신입이면 분위기 파악하고 빨리 와라'는 식의 사내 지침은 규칙도 아니다. 지금부터라도 어른의 자리에 선 내가, 필요 이상으로 비대화된 예의를 적극적으로 없애는 일에 앞장서야겠다. 그리하여 지나치게 애쓰는 것을 그만두는 사회적 분위기를 형성해 나가고 싶다. 나의 바람이 어떤 형태로든 꼭 실현되길 바란다.

24

'죄송합니다'를
'감사합니다'로 바꿨을 뿐인데

일상 대화에서 완전히 존대의 표현을 없애지는 않았지만 닥치는 대로 아무렇게나 존댓말을 사용하지 않는다. 존댓말을 최소한으로 사용하기는 내가 중학생 때부터 스스로 정한 나름의 기준이다. 거기에 또 하나, 말투를 의식하며 그만둔 습관이 있다. 바로 '죄송합니다'의 '남용'이다.

애초에 존댓말 사용에 의문을 느끼기 시작한 계기는 '내가 왜 사과해야 해?'라는 분노 때문이었다. 나는 초등학생 때부터 전철로 원거리 통학을 했는데, 만원 전철 안에서 매일같이 내 교복 치마와 바지 속으로 손을 찔러 넣으려는 치한을 만났다. 그때마다 나는 등 뒤에 있는 샐러리맨을 향해 책가방 너머로 "죄송한데요, 그만하세요"라고 말했다. 그러다가 도무지 참을 수 없는 지경에 이르렀다.

아무리 생각해도 나는 잘못이 없다. 죄송할 짓도 하지 않았다. 나는 그저 전철을 타고 등교했을 뿐이다. 상대가 꼼짝하지 못하는 모습을 교묘히 이용해서 타인의 영역을 침범하고, 성폭력의 현행범으로 체포되어도 전혀 이상하지 않은 행동을 취한 건 어른들이었다. 몇 년이 흐르고 이제는 그 같은 일에 완전히 적응되어서 "그만 만져"라고 소리치며 상대의 손목을 비틀어 올려 버린다. 앞으로 이런 상황에서 절대로 '죄송합니다'라고 말하지 않기로 강하게 맹세했다.

상황을 제대로 파악하고 보니, 여러모로 그럴 일이 아닌데, 일상에서 자주 '죄송합니다'가 남용된다는 사실을 인식할 수 있었다. 사람들은 만원 전철에서 내릴 때조차 주위 승객들에게 길을 비켜달라고 하면서 "죄송합니다, 내릴게요"라고 큰소리로 말하거나 내리겠다는 말없이 "죄송합니다"만 외치거나 둘 중 하나다.

잘 생각해 보면 전철을 탄 승객이 내리는데 일일이 내릴 때마다 사람들에게 사과할 필요는 없다. '내립니다'라고 말하면 자신을 위해 길을 비켜준 사람들에게는 '감사합니다'라고 말하면 된다. 비켜주는 쪽도 '죄송합니다', '미안합니다'를 듣는 것보다 '감사합니다'를 듣는 편이 더 나을 것이다.

극장이나 영화관의 좁은 좌석 사이를 이동하거나 레스토랑의 옆자리와 소지품을 어떻게 둘지 서로 양보할 때도 '실례합니다', '감사합니다' 정도만 주고받으면 충분하다. 요리를 주문할 때 종업원을 불러 세우는 것도 손을 들어서 '부탁합니다' 정도만 말해도 다 알아듣는다. 그런 식으로 '죄송합니다'를 점차 줄여 나갈 수 있다.

♪♪♪

다른 말보다 '죄송합니다'를 쓰는 편이 훨씬 낫다고 느끼는 사람도 있다. 실제로 부탁할 때 낮은 자세를 취하면 잘 들어준다. 일단 존댓말을 사용하면 예의 있고 얌전한 사람으로 여겨지는 것처럼 무슨 일이든 먼저 사과하면 일을 원만히 진행시킬 수 있고 소통 능력이 좋은 사람으로 인정받는다.

하지만 나는 타인을 향해 어차피 해야 할 말이라면 '죄송합니다'보다 '감사합니다'를 더 많이 사용하고 싶다. 내가 저지른 일에 대해 '죄송합니다(Excuse me, Sorry)'라고 사과하기보다는 누군가가 해 준 일에 '감사합니다(Thank you)'라고 감사의 뜻을 전하는 횟수가 많은 인생을 살고 싶다.

'감사합니다'와 '죄송합니다'를 한자로 표현하면 둘 다 '사의(謝意)'라고 쓰이는데, 사전에서 그 뜻을 찾아보면 '감사'와 '사과'라는 두 가지 뜻이 나란히 나온다. 자신에게 확실히 잘못이 있으면 정확히 인정하고 사과해야 하지만, 사과해야 할 때가 언제인지 확실히 자각하려면 애먼 '죄송합니다'는 그만두고 이를 다른 말로 대체하는 게 좋다. 한 걸음 멈추어 생각해보면 일상의 대화에서 '감사합니다'로 바꿀 수 있는 '죄송합니다'가 정말 많다.

존댓말을 그만두는 시도에 대해 사회인의 상식으로는 따라 하기 어렵다고 느낄 수 있지만, 그렇게까지 터무니없는 일도 아니다. 갑자기 내일부터 모두에게 반말하기는 어려워도 평생 동안 남발한 '죄송합니다' 횟수만 조금 줄이면 인생이 전보다는 가벼워지지 않을까.

싫어하는 말을 사용하지 않거나, 불필요한 겉치레를 걷어치우거나, 일인칭을 '저'에서 '나'로 바꾸는 등 입에서 나오는 말을 무의식적으로 사용하지 않고 자신만의 규칙을 만들어서 언어를 디자인하는 일은 지금 바로 시작할 수 있다. 말을 디자인하는 일은 생각보다 습관화하기 쉽고 전혀 돈이 들지 않으면서 상당히 많은 효과를 누릴 수 있다. 또 자신을 변화시킬 수 있는 가장 확실한 방법으로, 오늘 당장 홀가분해지고 싶은 당신에게 적극 추천하고 싶다.

25

마흔에
할 수 있는 선언

1998년에 산 휴대 전화는 할부로 구입한 노트북과 함께 대학생인 내가 처음으로 손에 넣은 개인 정보 단말기였다. 흑백 액정의 화면 폭은 단 3행. 그래도 전자 메일의 송수신이 가능한 최신 기종이었다. 때는 바야흐로 아이티(IT) 혁명 시절이었다. 나는 이런 작은 기기로 메일까지 주고받을 수 있다니, 생각하면서 가슴이 벅차올랐다.

본가에서는 다이얼식 검은 전화기를 사용했지만 내가 다니던 대학에 가면 상시 접속이 가능한 인터넷 회선을 자유로이 이용할 수 있었다. 이때 나는 정보 처리 수업을 들었는데, 이때 통신 기술의 역사와 함께 미래의 소통 방식은 계속 극적으로 변할 거라고 배웠다.

문서를 종이에 인쇄해서 주고받거나, 우표를 붙여 우편함에 넣고 다음 회신을 기다리면서 느긋이 편지를 교환하는 모습이 사라져 간다. 초 단위로 올라가는 비싼 요금을 신경 쓰며 간략하게 국제 전화를 이용하는 모습도 점차 찾아보기 힘들다. 그만큼 미래는 지금보다 훨씬 좋아질 것이다.

그로부터 20년이나 지났다. 나는 손에 쥔 아이폰X를 때려 부술 뻔했다. 2019년인 현재 일본에서 오는 메일에 '성하지절(한여름을 의미하는 말로 의례적으로 사용되는 계절 인사 문구)에 오카다 님께서 앞으로 더욱 건승하시길 빕니다' 같은 문구가 여전히 등장하고 있었기 때문이다. "계절 인사는 요즘 세상에 필요 없죠?"라고 말하면, 아직까지는 전통문화에 대한 존경심이 없는 괘씸한 녀석이라고 비난받는다.

나는 전통 있는 출판사에서 사회인 교육을 받았고, 업무를 의뢰할 때는 문서를 하이바라(榛原)나 규쿄도(鳩居堂)의 편지지에 펠리컨 만년필로 직접 작성해서 보냈다. 그리고 독립할 때는 큰마음 먹고 이름이 새겨진 편지지를 특별 주문까지 해본 인간이다. 비록 의미 없는 형식뿐이라도 정형화된 서식이 들어가지 않으면 시답잖다고 여기는 태도와 그로 인해 하얀 편지지를 한 장 더해 봉하는 버릇은 그대로다. 그러나 한정적인 상황은 제외하더라도 일상적으로 이 같은 서식은 충분히 생략할 수 있지 않을까.

◢◢◢

일본 사회에서 마흔이 지나면 예의를 표하는 이상으로 주어지는 기회가 많다. 경로 정신에 기초한 윗사람과의 소통은 모르겠지만, 젊은 상대가 나에게 특별한 비용을 쓰려 할 때 필요 없다고 거절하는 일이 가능해진다. 일찍이 반신반의로 실천해 온 여러 허례를 적어도 아래 방향으로는 "여기서 끝내죠"라고 말하며 끊을 수 있는 권리가 생긴다. 그러니 행사하지 않을 수 없다.

2004년 신입 사원이었던 시절에 상사가 "오카다 씨, 이 홈페이지 주소 디자인 사무실에 팩스로 보내 주세요"라며 손으로 쓴 메모지를 건네주는데 다리에 힘이 빠질 정도로 절망스러웠다. 어쨌거나 나는 종잇조각에 표기된 주소를 홈페이지에 정성껏 베끼고 계절 인사로 시작하는 송부장을 첨부해서 팩스 번호를 누른 다음 복합기로 송신했다.

신입은 받은 지시대로 잡무를 수행해야 한다. 거래처는 물론이고 같은 직장에서 나를 지도하기 위해 귀중한 시간을 소비한 선배에 대한 예의다. 그렇게 인적 오류가 전혀 줄어들지 않는 방식을 계속 고수하면서, 당시 사내 업무는 '대면〉손편지≧전화〉팩스≫[넘을 수 없는 벽]≫ 전자 메일' 순으로 반복되었다.

여하튼 손으로 써야 마음이 깃든다. 그러므로 부탁받은 일을 처리할 때 메일 리더를 일일이 기동시키는 것은 실례다. 또 팩스는 이른 아침이나 늦은 밤 같은 비상식적인 시간대에 보내면 안 되고, 전화하기 전에 집 전화의 자동 응답으로 미리 말해 두는 것이 순서다. 완성된 데이터는 광(MO) 드라이브에, 텍스트 원고는 플로피 디스크에 넣어서 물리적인 형태로 건네는 것이 관례다.

규정은 규정이니 표면상으로 이를 따르는 척했으나, 불량 회사원이었던 나는 몇 년을 버티다가 업무 상대와 "드롭박스로 경유해도 괜찮죠? 솔직히 그 방법이 괜찮아요"라며 밀약을 주고받았다. 예절을 중시하는 선배들의 눈을 피해 몰래 찾은 쉽고 빠른 지름길에서 약 20년을 버티며 때가 오기를 고대했다. 자타공인 훌륭한 중년이 되어 사회에 큰소리를 낼 수 있을 즈음, "이 모든 허례허식을 여기서 그만두자"고 말할 그날을 말이다.

메일도 전화도 팩스도 세상을 편리하게 만들어 주기 위해 개발되었는데, 거기에 구시대의 윤리가 적용하여 일을 번거롭게 진행하는 사람들이 사라지지 않는다. 계절 인사는 생략하더라도 '알겠습니다' 같은 단답형의 답은 너무 무례하다거나, 단체 메일은 참조된 복수의 수신인 중에 최연소자가 제일 먼저 답신해야 한다거나, 읽고 씹는 무언의 태도는 절대 용서할 수 없다거나 하는 식으로 말이다.

끊임없이 희한한 매너가 생겨난다. 마치 고개를 숙이며 인사하는 모습처럼 기울여 찍은 도장 같다. 20년 후에는 지금보다 더 편리한 플랫폼이 생겨날 것이다. 그럼 그때도 새로운 실례가 발견될 것이고, 누군가는 또 쓴소리를 할 것이다. 혹시나 그 주체가 오십 대, 육십 대인 우리가 된다면 생각만으로도 정말 끔찍하다.

나는 실리와 허례를 저울질하다 후자를 선택하는 어른이 되고 싶지 않다. 우리는 인터넷을 접하면서 인생관이 바뀐 최초의 세대다. 우편함에 넣은 감사 편지나 연하장의 수보다 메일 송신 횟수가 훨씬 웃돈다. 디지털 네이티브를 부하로 통솔해야 하는 우리 세대부터는 솔선하여 예의의 이상적인 모습을 만들어 가야 할 것이다.

"감히 나에게 라인 이모티콘으로 업무를 보고해? 괘씸하네"라며 핀잔주거나, "요즘 애들은 스마트폰으로 너무 편하게 일한다니까. 가끔은 우리 때처럼 고생을 좀 해야 해"라고 일방적으로 강요하면 안된다. 우리가 십 대 시절에 꿈꾸며 그리던 편리한 미래의 실현 여부는 현재 사십 대의 의식 변혁에 달려 있다.

브이알(VR) 전도사인 고로맨(GOROman)이 제창하는 '예의 2.0'이라는 말이 있다. 서로의 시간만 빼앗는 '예의 1.0'에 이별을 고하고, 상대의 시간을 빼앗지 말자고 강조하는 사고방식이다. 예의가 전혀 필요 없다는 뜻이 아니라 정의를 업데이트하는 것이다. 빠른 쪽으로, 간편한 쪽으로, 낭비하지 않는 쪽으로, 부담이 적은 쪽으로, 자신을 위해 사용하는 시간을 최대화하는 쪽으로 말이다.

26

내 인생에서
전화는 빼겠습니다

벌써 몇 년 째 명함에 주소와 전화번호를 빼고 이름, 메일 주소, 웹 사이트 주소만 기입한다. 처음 만난 상대에게 이정도 정보면 충분하다. 얼마 전까지 명함에 주소, 전화번호를 명기하지 않는 프리랜서는 신용이 떨어진다는 소리를 들은 적도 있지만, 지금은 아무에게나 개인정보를 나누어 주고 돌아다니면 위기관리 능력이 떨어져 보여 오히려 상대를 불안하게 만든다. 이제야 그런 시대가 왔다. 생판 남에게 전화번호를 알려 주면 어쩌자는 말인가?

나는 아이폰을 잠시도 내 곁에서 떼놓지 않고 항시 들고 다니지만 전화가 와도 받지 않는다. 연락처에 없는 번호로 걸려 온 전화는 대부분 자동 음성 판매 전화거나, 잘못 걸려 온 전화거나, 잘못 전화한 척 판매를 촉구하는 전화다. 내 전화번호가 악덕 업자에게로 새어 나갔는지 궁금해질 정도다.

나는 평소에 업무 상대는 물론이고 친구나 친척과도 잘 통화하지 않기 때문에 절대 속지 않는다. 극히 드물지만 긴급 연락도 오는데, 대개 문자 메시지가 먼저 온다. 평소에 전자 메일, SMS, 그 외의 메신저 등 몇 개의 채널은 바로 훑어보기 때문에, 지금으로서는 충분하다.

일상생활에서 빠질 수 없는 스마트폰이라고는 하나, 여기에 매이고 싶지는 않다. 그래서 화면상에서 '통화' 버튼을 폴더 안으로 깊숙이 잘 보이지 않게 넣어 두었다. 그리고 나의 일상생활에서 그 버튼을 완전히 활용하지 않을 뿐더러 터치도 거의 하지 않는다. 그렇게 나는 전화를 그만두었다. 세계 인류로부터의 착신을 거부한 셈이나.

2010년 무렵까지는 업무상 빈번하게 전화를 걸었다. 각종 메신저가 지금처럼 발달되거나 보급되지 않았고, 명함에 기재된 전화번호로 갑자기 전화를 걸어도 괜찮은 시대였다. 받을 때도 즉각, 근무 시간 외에 울려도 즉각, 적어도 신호가

세 번 울리기 전에는 미리 받아야 했다. 개인용으로 구매한 휴대 전화였지만 모든 거래처에 전화번호를 뿌렸으니 실상 업무용이 되어 버린 것이다.

술집에서 잠자리에서도 '통화' 버튼을 누르면 그 순간부터 바로 일이 시작된다. 통화권 이탈 지역으로 도망가거나 전원이 꺼지지 않는 한 내가 회사원으로 보내는 시간은 끝도 없이 연장되었다. 이를테면 "신세가 많습니다. 조금 전에 메일을 보냈으니 확인해 주세요"라고 굳이 전화로 말을 전달하는 사람이 있다. 서둘러 급히 일을 처리해 주려고 하면 "아, 답장은 내일 주세요"라고 말한다.

이는 정말이지 시간을 빼앗을 뿐만 아니라 삽시간에 송신되고 언제든지 볼 수 있는 전자 메일의 최대 이점인 비동기성까지 죽이는 비효율적인 태도다. 낭비도 낭비지만 통신 기술의 진보에 역행하는 일 처리다. "오늘 나눈 내용은 의사록에 정리해서 보내겠습니다"로 끝나는 전화도 신물이 난다. 처음부터 메일로 확인 사항을 전달해 주면 '예', '아니오'로 바로 회답할 수 있을 텐데 말이다.

애매하게 얼버무리고 싶은 용건이 있을 때 꼭 대화로 이야기하려는 나쁜 어른들이 있다. 특히 금전이나 계약과 관련된 사항으로 회의 주제가 넘어가면, 갑자기 연락 수단을 전화로 바꿔서 물적 증거를 남기지 않으려 한다. 통화로 이야기한 금전 사항은 하는 수 없이 내 쪽에서 다시 서면으로 정리해야 하고 승인을 받는 데 또다시 품이 든다.

갑자기 걸려 오는 전화의 90퍼센트 이상은 긴급한 일이 아니다. 술집이나 침실에 있을 때면 몰라도 일각일초를 다투는 중요한 작업에 집중하고 있을 때 마지못해 받은 전화가 막상 별일이 아니면 급격히 기분이 다운된다. 이후로 통화한 시간보다 훨씬 긴 시간에 해당하는 손해가 발생한다. 즉, 집중력과 생산성이 현저히 떨어져 좀처럼 회복되지 않는다.

아직까지 시도 때도 없이 무턱대고 전화를 거는 무리가 그 비용을 보상해 준 전례는 없다. 그러면서 늦은 밤이든, 이른 아침이든 나는 바보처럼 "일부러 친히 연락까지 주시고 송구합니다"라고 답하면서 허공을 향해 굽실대며 통화를 끊는다.

그럴 때마다 만화 《도쿄 바빌론》이 떠오른다. 작중에 '전화선이 연결되면 두 공간은 영적으로 연결된다'는 에피소드가 있다. 일단 수화기를 들면 서로 다른 장소에 있어도 다이렉트로 생령이 손을 뻗어 저주를 받는다는 이야기다. 이 공격을 어떻게 막아야 할까? 전화선을 차단하고 전화를 그만두는 수밖에 없다.

$$\textit{\textbf{/ / /}}$$

구시대적인 세계에서는 날짜와 시간을 정해서 정장으로 갈아입고 전철을 갈아타고 직접 방문하여 예의를 다하는 것이 가장 훌륭한 행동으로 여겨져 왔다. '메일은 좀 그러니까 전화로 합시다', '전화는 좀 그러니까 만납시다'를 남발한다. 왜냐하면 통상 일대일로 만나는 일에 막대한 시간을 투자할수록 정성이 깃든다고 배웠기 때문이다.

그러나 상대에게 엄청난 무례를 저지른 후에 사죄하기 위해 무턱대고 집으로 찾아가 문 앞에서 무릎을 꿇는 바보는 세상에 없다. 자고로 잔뜩 화가 난 상대에게 먼저 서면으로 연락해서 전화로 경위를 설명한 다음 허락을 구하고 나서야 비로소 대면으로 사과할 기회가 주어지는 것이다.

상대의 시간을 빼앗지 않는 선에서 조심스레 절차를 밟아 나가야 한다. 사실 모두 이미 오래전부터 어렴풋이 알고 있다. 뚜껑을 열어 보기 전까지는 어떤 용건인지 알 수 없고, 타인의 귀중한 시간을 빼앗는 연락 수단을 이용하는 행위가 실례라는 사실을.

대부분의 사람은 당사자와 문제를 직접 해결하지 않는다. 자신과 친밀한 관계, 온화하고 선량한 성품, 약한 처지의 사람에게 연락해서 "지금 괜찮아?"라고 물어보며 이들을 밖으로 불러낸다. 모순적이다. 용건도 명확히 밝히지 않고 찻집에서, 전화상으로 "역시 직접 말하는 게 제일이야"라고 말하며 쾌활하게 웃는다. 그런 사람들은 그저 게으름을 피우며 시간을 낭비하고 싶은 게 아닐까.

나 역시 사춘기 때 집 전화기를 방으로 들고 와 어른들 몰래 친구들과 길게 통화하기를 즐겼다. 종종 집 전화로 옛 친구에게 반가운 연락이 오기도 하지만 잘못하다가는 만나고 싶지 않은 망령들까지 전화선에서 기어 나올지 모른다.

나에게 이제 전화의 시대는 끝났다. 나는 내 인생에서 전화를 그만두었다. 친구들에게 지금 당장은 어렵지만, 나중에 만나서 느긋하게 그간의 회포를 풀자고 문자를 보낸다. 전화하지 않는다고 깨져 버릴 우정이라면 애초에 허구에 지나지 않은 거겠지, 그렇게 자신을 타이르면서.

모든 알람에 즉시 반응할 필요는 없지 않을까?

먼저 의미 없는 전화로부터 나에게 해방을 선포한다!

27

서로 상식적이면
참 좋을 텐데

'예의 2.0'을 제창하는 고로맨은 1시간을 소비하는 '예의 1.0'을 파하고 상대의 시간을 최대한 빼앗지 않는 '예의 2.0'으로 업데이트해야 한다고 주장한다. 일례를 들자면 과거에 연락할 때 정중한 수단으로 여겨졌던 전화는 받는 사람의 사정을 고려하지 않은 채 갑자기 걸려온다는 점에서 이미 시대착오적이다. 그는 이제 신속하면서도 낭비가 적은 슬랙(slack)이나 메신저를 이용해 연락을 이행하자고 호소한다.

몇 년 전부터 나도 전화하지 않기를 실천하고 있어서 그런지 그의 주장에 크게 동의한다. 최근에는 각종 채팅이나 메신저조차 왠지 전화처럼 느껴져서 미치겠다. 그룹웨어나 비스니즈 채팅 화면을 열어 두고 근무하는 형태는 여러 개의 전화선을 연결한 채로 계속 통화하며 일하는 형태와 그 모습이 아주 비슷하다. 장점도, 단점도.

전문성이 높은 소수 정예 팀은 소통할 때 테이블에 모이는 것보다 메신저가 빠르지만, 외부인이 많으면 보조를 맞추기가 어려워서 같은 설명을 두세 번 반복해야 할 때가 많아지기 때문에 모여서 회의하는 편이 낫다. 일대일로 주고받는 단순한 질문과 사실 확인을 위한 속도는 발제나, 말을 번복하는 회의에는 잘 맞지 않는다. 도중에 이야기가 샛길로 빠지면 의제가 두세 개로 흩어져서 한눈에 훑어보기도 어렵고 검색성도 떨어진다.

전자 메일로 담담히 처리할 수 있는 일까지 메신저로 처리하다 보면, 몇십 배의 빈도로 쉴 새 없이 날아드는 알람에 정신이 없어진다. '점심 뭐 먹을래?' 같은 사담도 많고, 이모티콘이나 웃음이 난무하다. 또 메신저로 대화하다 보면, 다음 날 집합 시간이나 신규 추가 수정 등 조금 전에 나눈 중요한 정보들이 순식간에 사라져 버린다. 중간중간 손을 멈추고 현재 업무와 관련된 연락인지 아닌지를 빠짐없이 확인해야 한다.

'전화 1.0'의 통화에 비하면 문자는 훨씬 합리적이고 시간도 단축할 수 있다. 그러나 이용자의 의식이 그에 미치지 못하면 전 시대적인 번잡함이나 지루한 분위기, 허례는 조금도 줄어들지 않는다. 이 상태라면 '전화 2.0' 정지, '예의 2.0' 실현은 한참 멀었다. 도구를 새로 맞추기보다 인류를 업데이트시킬 필요가 있다.

✦ ✦ ✦

약 10년 전 소셜 플랫폼 믹시(Mixi)에서 '믹시 연하장'이라는 서비스가 시작되었을 때, 나는 그 존재의 이유를 알 수 없어 고개를 갸우뚱거렸다. 국경을 넘어 전 세계와 순식간에 연결되는 자유롭고 평등한 웹상에서 왜 구시대의 유물이자 섬나라의 토착 풍습인 연하장이 전자 버전으로 출시되었는지, 잘 이해되지 않았다.

과거에 나는 가장 바쁜 연말에 연일 수당이 나오지도 않는데, 야근을 하면서 몇십 통의 주소와 성명을 써 댔다. 새해가 되면 슬쩍 보고 금세 버려질 엽서에 정중하게 정형문을 써 넣는 그런 사회가 정말이지 지겨워서 '헬로 월드(Hello, World)!'란 인사로 깔끔하게 정리된 네트워크 사회의 밝은 미래를 꿈꾸었다.

일본만의 문제인가 생각해 보면 또 그렇지도 않다. 미국의 페이스북에서도 생일을 축하하는 일이 이와 같이 괴롭다. 친구라는 관계 안에서 누군가의 생일이나 기념일이 찾아오면 자동 알림이 설정되어 있어 축하 메시지를 보내라고 사람들을 잇달아 재촉한다.

가족, 동료, 지난주 함께 식사한 지인, 10년 전에 처음 만나서 명함만 교환했던 사람, 아첨쟁이, 친한 친구에 이르기까지 모두 하나같이 그 날 생일인 사람에게 '축하해'라고 메시지를 보낸다. 그 사람과 관련된 정보를 잊었어도 알림이 뜨면 반사적으로, 개인적으로 마치 남에게 과시하려는 것처럼 메시지를 보낸다. 참 대단한 우정이다. 이런 모습이 바로 신세대의 허례다.

업무용 채팅으로 쓸데없이 말하는 사람들을 '긴 통화 2.0'이라 부른다면 페이스북의 축하 코멘트 대홍수에 참여한 사람들은 '연하장 2.0'이다. 1년에 한두 번씩 기계적으로 그다지 친하지도 않은데 당신의 존재를 잊지 않았음을 보여 주기 위해 의례적으로 메시지를 주고받는다. 신속하고 편리하고 합리적으로 생산성을 높여 개인의 행복을 증대시키기 위해 개발되었을 최신 기술을 구사하여 믿을 수 없을 정도로 부질없는 행위를 끝도 없이 되풀이한다.

갑작스런 전화도, 연하장도, 무더위 안부 인사도, 명절 선물도 천천히 점점 쇠퇴해 가는데, 어째서 어리석은 인류는 괴로운 의무에서 해방되고 싶어 하면서도 왜 고된 의무를 새롭게 시작하여 희희낙락하며 또다시 구속되려 할까. '귀찮아도 모두가 하잖아, 작년에도 재작년에도 했잖아. 별로 나쁜 일도 아닌데 안 하는 것보다 당연히 하는 게 좋지'라는 전혀 이유 같지 않은 이유로.

'예의 2.0'은 예의의 정의 자체를 갱신하고자 한다. 오해하는 사람이 있을지 몰라서 다시 한 번 말하겠다. 유선 전화기, 무선 전화기, 공중전화의 '전화 1.0'이 무료 통화가 가능한 애플리케이션인 '전화 2.0'으로 교체되어 편리하다고 기뻐해도 의미 없다. 복권 번호가 적힌 엽서를 우체통에 넣던 '연하장 1.0'이 개봉하면 소리와 함께 애니메이션이 움직이는 '연하장 2.0'이 되었으니 새로운 세대가 되었다는 것도 착각이다. 업데이트하는 주체가 잘못되었다.

하루가 다르게 소통 방식은 새로워지는데, 사람들은 그 이상적인 모델을 과거에서 찾거나 옛날 양식을 그대로 따르고 싶어 한다. 직장에서 분위기를 타지 못하는 무뚝뚝한 부하와 일하기 힘들어하고, 새해 인사 메일이 한 통도 오지 않으면 쓸쓸해하고, 이전과 다르면 '이건 나에게 실례가 아닌가' 하고 생각한다. 만약 당신이 이 같은 사람이라면, 아무리 최신 기종의 스마트폰을 구입하고 최신 애플리케이션을 사용해도 '예의 2.0'에 도달하기 어려울 것이다.

라인이나 페이스북에서도 서비스만 제공할 뿐이지 사람들의 의식까지 개발시켜 주지 않는다. 사람들의 의식은 기다린다고 자동적으로 바뀌지 않는다. 나는 한발 앞서서 예의를 업데이트해 나가고 싶다. 익숙하고 낡은 예의를 그만두기란 쉽지 않겠지만 저항을 두려워하기보다 감각을 갈고닦으며 계속 도전하고 싶다. 그러나 올곧게 낡은 세계에 계속 머물고 싶은 사람들은 이 이야기를 마음 편히 읽고 무시해도 괜찮다. 별로 실례는 아니니까.

28

스스로가 지킬 수 있는
적당한 선을 찾다

스무 살이 되고 상복이 생겼다. 직접 고른 기억은 없지만 나에게는 내가 입어야 할 상복이 있었다. 아마 엄마가 백화점 할인 기간에 적당히 장만했을 거다. 무릎 아래 기장의 기본 블랙 원피스로 가슴부터 소매까지는 시스루 소재가 사용되었고, 직접 입어 보고 산 게 아니어서 어깨 폭이 조금 크다. 옷장에 걸어 놓았지만 이렇다 할 감상이 솟지 않는 옷이었다.

마음이 놓였다. 사실 나는 고등학생 때까지 대부분의 제사에 교복을 입고 참석했다. 매일 입어 낡아 빠진 세일러복이 아이에게는 가장 제대로 된 복장으로 여겨졌다. 졸업 후 불안정한 공백 기간에 겨우 새로운 제복을 손에 넣었다. 앞으로는 누군가가 죽으면 이것만 입으면 되겠다 싶었다. 생각해 보니 그때 조부가 건강이 악화되어 여명을 선고받은 시기였다.

어른의 것으로 생각되기 쉬운 옷은 실은 젊은 청춘을 위해 존재한다. 그들은 연속된 삶의 방황과 넓은 세상의 한 귀퉁이에 홀로 서서 부족한 경험치와 직감만을 의지해 싸워야 한다. 그들은 지도도 나침반도 없이 큰 바다로 저어 나가는 작은 배 같다. 때문에 갖추어진 제복이나 기성복의 정장은 꽤 도움이 된다. 축이 되는 정답을 알면 방황을 없애 나갈 수 있으니까. 평생에 한두 벌, 그런 옷을 준비해 두면 좋다.

며칠 전 마에다 에마라는 사람이 쓴 멋진 문장을 읽었다. '소중한 사람이 죽은 뒤에 적당한 옷을 사러 달려 나가는 게 싫어서 정답인 상복을 샀다.' 예전에 비슷한 감각을 느낀 적이 있어 그 심정이 이해가 간다. 상복을 손에 넣는다는 건 젊은이가 죽음을 가까이 끌어당기며 어른이 되는 의식과 같다. 하지만 지금 나에게 엄마가 사 준 그 상복은 없다. 삼십 대 중반에 이사하면서 처분해 버렸기 때문이다.

부의에는 새 지폐를 넣지 않는 관습이 있다. 지금 얼마

만큼의 사람이 지키는지는 모르겠다. 조부의 장례식에서 정산을 도울 때의 일이다. 어른들은 이를 아는지 모르는지 손이 베일 듯이 빳빳한 지폐를 부의 봉투에 넣어오는 경우가 적지 않았다. 어린 시절에 들은 '미리 일부러 신권을 준비하여 죽음을 애타게 기다리는 것처럼 보인다'는 말이 머릿속에 강하게 남아 있었기 때문일까 나는 새 지폐가 꽤 신경 쓰였다.

결혼식에는 새로운 출발을 축하하는 의미로 빳빳한 새 지폐를, 장례식에는 만사 제쳐 놓고 급히 애도하러 왔음을 표현하기 위해 지갑 속에서 막 꺼낸 낡은 지폐를 봉투에 넣어야 하지 않을까. 복장도 그 같은 사고방식이면 되지 않을까 싶다. 아직 입을 수 있어도 상복 이외에는 전혀 용도가 없는, 단순한 목적의 드레스를 놓아 버린 건 그 같은 심정에서였다.

직장에 다닐 때의 일이다. 갑작스런 부고에 한바탕 사내가 술렁거리면 중역들은 캐비닛에서 검은 넥타이를 꺼내 매고 황급히 조문을 가는 광경을 자주 보았다. 대기업의 총무부나 비서실에서 근무하면 그런 일이 비일비재하기 때문에 1년 내내 새까만 정장을 입는다는 말도 있었지만, 보통 그 정도까지는 아니라고 한다.

어른이 되면서 누군가의 임종에 급히 달려갈 일이 점점 늘어난다. 얼이 빠진 채 캐주얼한 복장으로, 퇴근해 옷 갈아입을 시간도 없이 애도하러 간 적도 있다. 역시나 안 되겠다 싶어 역 앞에서 3,000엔짜리 검은 상의를 그 자리에서 바로 구매하고 겉옷에 걸쳐 입었다. 가는 길 내내 스스로가 겸연쩍었으나, 실제로 고인과 대면하고 남겨진 자들과 슬픔을 나누는 사이에 옷에 대한 망설임은 금방 사라져 버렸다. 그보다 훨씬 무거운 죽음이 눈앞에 가로놓여 있으니까.

′′′

나 역시 매일 죽음과 가까워지다 보니 애도의 뜻을 표현하는 데 있어, 정답을 찾거나 제복에 의지할 필요성을 전혀 느끼지 못하게 되었다. 그렇다고 일상복으로 조문을 가겠다는 뜻은 아니다. 다만 내가 상복을 내려놓은 이유는 상복 이외에 별다른 용도가 없는 옷이기 때문이다.

대신에 바니스 뉴욕 백화점에서 수수한 검은 옷을 샀다. 7부 소매의 옷깃이 있는 재킷과 무릎 아래까지 내려오는 원피스를 세트로 구매했다. 장례식, 제사 이외에 내가 보좌하는 행사, 업무 면접, 회식 등 관혼상제 전천후를 대응할 때 손색이 없는 옷이다. 소품도 맞추기 나름이다. 준상복(準喪服)과 약상복(略喪服)의 중간 정도다. 엄밀히 따지면 상복이라고 부를 수 없지만 과거에 학생인 나에게 엄마가 사 주었던 그 값싼 정장도 굳이 정의하면 준상복이다.

'이 겸용 상복으로는 역시 안 되겠다 싶은 사태가 생기면 그때 가서 새로 사자'라는 생각으로 지내 온 지 10년이 다 되었지만, 아직까지 그런 상황은 한 번도 없었다. 나는 전원이 최상급 예복으로 장례에 참석할 만큼 격식을 따지는 왕후 귀족 친구도 없고, 시골에서 오랫동안 관습을 엄격하게 지켜 온 친척도 없다.

미국에서 지내다 보니, 친구의 죽음을 직접 애도하지 못할 때가 많았다. 시간이 흐르고 뒤늦게 묘지를 찾아갔을 때 지금 나의 검은 옷 정도가 딱 좋았다. 앞으로도 꾸깃꾸깃한 지폐와 함께 수중에 있는 이 옷으로 잘 버틸 수 있을 거라고 생각한다. 그럼에도 불구하고 마침 있는 옷으로 장례식에 참석하는 것은 결례라는 비상식의 대합창이 이런 변명으로 멈추지 않는다는 사실쯤은 나도 잘 알고 있다.

고백하자면 나도 기성품 상복을 입던 어린 시절에는 지

금보다 장례 참석자의 복장에 훨씬 까다로웠다. 사전에 매너 북을 읽고 머리에 주입한 뒤 '엔지(NG)'라고 생각되는 행동거지의 어른을 발견하면 '엉망이네'라고 생각하며 분개했었다. 복장 단속이 아니라 상복 단속을 한 셈이다.

화장하고 오는 여자, 얇은 스타킹을 입은 여자, 금색 테두리로 장식된 가방을 든 여자, 윙팁 구두를 신은 남자, 광택 나는 타이를 맨 남자, 셔츠까지 검은 남자, 부의 봉투 포장법과 분향법을 모르는 어른들, 평상복으로 떠드는 아이들은 모두 실격이었다. 거기에 비하면 나는 아주 제대로였다. 그 확신을 증강하기 위해 일일이 검문하면서 기막혀했던 것이다.

♩♩♩

장례식장이 세계 제일의 상복을 가려내기 위해 결정전을 치르는 장소는 아니다. 한 번은 눈물을 글썽이며 뒤늦게 달려온 남자가 타이를 매고 오지 않은 적이 있다. 그의 애처로운 표정을 보니, '검은 넥타이를 사서 다음 날 고별식에 와'라고 감히 생각할 수 없었다. 아마 그는 화려한 무늬의 넥타이를 풀고 회사에서 정신없이 뛰어온 것 같았다.

고인과의 추억을 떠올리며 이야기하는 와중에 어린아

이가 병을 엎질러서 그 자리에서 부모가 옷을 갈아입히는 모습도 보았다. 무늬가 있는 티셔츠라서 다소 튀었으나 사람마다 상복은 한 벌뿐일 테니, 갈아입을 옷을 챙겨 온 부모의 준비성에 오히려 감탄했다.

어른이 될수록 다양한 장례를 경험한다. 규모도 다르고 종파도 다르고, 급사인지 편안한 죽음인지 사인도 저마다 다르다. 여러 번 유족의 입장이 되어 보니 복장에 관하여 사소한 부분은 신경 쓰지 않게 되었다. 그곳에서 가장 중요한 건 하나의 죽음 뿐이다. 사실 문상하러 와 준 것만으로도 고마운 일이다. 그렇게 실감하자 어른들이 어린 나처럼 상복에 크게 관여하거나 단속하거나 이를 비난하지 않는 이유를 이해할 수 있었다.

검은 정장을 벗음과 동시에 상복 단속을 졸업하고 마음이 가벼워졌다. 진한 마스카라를 칠한 상복의 여자도, 그저 검은 옷에 염주만 두른 나도, 다다미의 가장자리를 밟고 걷는(과거에는 다다미의 가장자리에 가문을 상징하는 문양을 넣어 선조나 부모의 얼굴로 여겼다) 상주도, 잠깐의 코스프레 치고는 예의를 잘 갖추었다고 볼 수 있다. 백 점 만점은 아니어도 그 이상의 점수를 획득한다고 한들, 고인을 그리워하는 행위와 과연 얼마나 관계가 있을까.

최근에 제대로 하지 않는 사람들의 목소리가 커지면서 제대로 하는 내가 잘못하는 것처럼 느껴진다거나, 애쓰지 않아도 되는 특권을 내세우는 사람들에게 애쓰는 내가 부정당하는 것처럼 여겨진다고 진지한 얼굴로 말하는 사람들이 많아져서 정말로 깜짝 놀랐다. 모든 것을 완벽하게 수행하는 것이 고통스럽지 않은 사람들은 그동안 하던 대로 하면 된다.

수십 년 단위로 줄곧 같은 상복을 입는 사람들을 탓할 생각은 없다. 하지만 심리적인 부담은 가능한 한 경감하는 편이 좋다. 정식 예복은 고민을 멈추게 한다는 사람도, 겸용이나 빌린 옷으로 뻔뻔하게 나오는 게 편하다는 사람도 만점짜리 정답을 목표로 하는 헛된 경쟁에서 다 같이 조금만 편해지면 좋겠다.

제대로 하는 게 편한 사람은 제대로 하면 되고 그렇지 않은 사람은 그 나름대로 하면 된다. 다만 최소한의 매너와 넓은 마음으로 서로를 조금 더 배려할 수 있길 바란다.

제5장

죽고 사는 문제가
아니라면

29

운전을 그만두고
백배 더 좋아졌다

나는 차가 없다. 다시 말해 운전을 하지 않는다. 묵혀 둔 무사고, 무위반의 운전면허증은 눈부시게 빛나는 골드(유효 기간 5년의 우수 면허)다. 우수 운전자로 불리는 게 우스워서 스스로 '골든 장롱 면허증'이라 말하고 다닌다. 그런 나에게 마침내 각오할 기회가 찾아왔다. 뉴욕주가 발행하는 신분증명서를 작성했는데, 발행원은 주 정부 차량 관리국(DMV)으로, 여기서 운전면허증이 없는 사람에게 면허증에 상응하는 신분증명서인 아이디카드(non-driver's license)를 발급해 주었다.

일본에서 면허를 취득했을 때가 열아홉 살이었고, 미국에서 무면허 칭호를 얻은 때가 서른일곱 살이었다. 바보처럼 나온 내 사진이 박힌 하얀 플라스틱 카드를 손에 쥐고서 '드디어 자동차 운전을 그만두었다'며 몹시 기뻐했다. 18년 동안 '운전하기'와 '운전 안 하기' 사이에서 질질 시간을 끌면서 발버둥을 치다가 그때서야 비로소 끝을 맺었다. 역시 나와 맞지 않는 일은 안 하는 게 최고다.

$$\prime\prime\prime$$

사실 나는 여전히 해방감과 죄악감 사이를 오락가락 중이다. 지구상에서 열심히, 힘차게 일하는 어른이라면 자동차 운전은 피하기 어려운 과제다. 운전면허 보유자 통계를 확인해 보면 수치상으로는 그 수가 적은 편이지만, 운전할 수 있는 어른들은 대부분 자신뿐만 아니라 타인을 위해서도 자주 차를 운전한다.

좋고 싫음에 상관없이 운전을 못하는 사람들의 몫까지 운전자로서의 역할을 대신하는 사람이 태반이다. 몸에 문제가 있지 않아도, 시험에 합격해서 면허가 있으면서도 "서툴러서 그만두었습니다"라며 자신이 완수할 의무로부터 도망치는 나 같은 사람 때문에 말이다.

지방에 사는 지인이 그런 나에게 "도시 녀석이란!" 하고 버럭 화를 냈다. 그녀도 운전이 정말 싫다고 했다. 하지만 출

퇴근에 아이와 노부모를 픽업하는 일부터 장보기까지 집을 나오는 동시에 차를 운전하지 않으면 아무것도 할 수 없기 때문에 운전하지 않을 수 없다고 했다. 결혼하기 전까지 이동할 때마다 전철 중심으로 생활하던 그녀는 "안 해도 되면 나도 안 하고 싶어!"라며 나에게 달려들었다. 그 앞에서 나는 찍소리도 할 수 없었다.

내가 출판사에 근무했을 때 한 작가의 취재 여행에 동반한 적이 있다. 렌터카를 빌려 에도 시대의 거리를 거니는 일정이었는데, 나는 계속 조수석과 뒷좌석에 앉아 있었다. 한창 바쁜 마감 시기였는데, 선생님은 분주한 여정 속에서 신작 소설을 구상하는 동시에 나를 대신해 핸들까지 잡았다.

"이럴 거면 너 여기에 왜 왔어!"라는 말과 함께 나는 여기저기에서 혼이 났다. 하지만 나는 꿋꿋이 "제가 운전하면 선생님의 생명이 위험에 처할 확률이 높아집니다"라고 반론했다. 동시에 매우 창피했다. 회사에 입사할 때 이력서의 자격란에 '보통 면허'라고 쓴 주제에. 나는 한순간에 굉장한 월급 도둑에 이어 출장 수당 도둑까지 되어 버렸다.

운전을 좋아하는 사람들은 나에게 걱정할 필요 없다고

말한다. 하지만 나를 대체할 사람들이 항상 존재하기 때문에 나는 언제나 제 몫을 다하지 않는 인간으로 여겨진다.

✐✐✐

서툴면 운전면허를 안 따면 되지 않나, 생각할지도 모른다. 나에게는 애초에 그런 선택지가 없었다. 본가의 부모는 멀리 떠나는 가족 여행과 술을 매우 좋아한다. 어릴 때부터 나는 가족과 함께 차로 갈 수 있는 곳이라면 어디든지 돌아다녔다. 그때마다 "딸, 크면 면허 따서 우리 대신에 운전해. 그래야 우리 부부가 술을 실컷 마실 수 있지. 벌써부터 기대된다"는 말을 수없이 들어 왔다.

나는 대입 시험 합격 발표와 동시에 부모의 손에 이끌려 집 근처 자동차 운전 학원으로 갔다. 대학 등록금은 학자금 대출을 받았지만 운전 교습비는 부모가 전부 내 주었다. 생각해 보면 이 의무적인 감정은 내가 처음 교습용 자동차 핸들을 잡기 훨씬 전부터 시작되었다. 운전 학원에 발을 들여놓은 첫날부터 나는 운전과 맞지 않는다는 사실을 직감했다. 운전 적성 검사에서 '사소한 일에 신경질적이고 컨디션이 무너지기 쉬우며 냉정한 상황에서 잘 판단하지 못하는' 성향이라는 결과가 나왔다.

운전 중에 길을 헤매다가 교통 표식을 착각했나 싶어 잠시 생각에 잠겨 있을 때 아이가 튀어나와서 액셀과 브레이크를 혼동하다가 황급히 핸들을 꺾고 중앙 분리대를 처박는 내모습이 너무 훤했다. 도로 주행 교육에서 그 상상은 현실이 되었다. 고속 교습에서 죽는 줄 알았다. 나는 다른 차의 움직임을 전혀 읽지 못했다. 강사의 조언대로 핸들을 고쳐 잡는 일이너무 어려웠다. 어떻게 시험을 통과했는지 생각이 안 난다. 합격이라는 소리에 오싹하니 몸이 떨렸다.

부모의 돈으로 면허를 땄으니, 부모를 위해 부지런히 운전해야 했다. 하지만 '너도 얼른 면허를 따'고 계속 주문해온 부모조차 딸과 외출한 첫날에 내 운전에 기겁하며 "그만! 갓길에 차 세워! 내가 운전하마!"라고 소리쳤다. 우회전하는곳에서 반대 차선으로 들어가 역주행을 해 버렸다. 도쿄 타워바로 아래의 도로였는데, 지금도 지나갈 때마다 섬뜩했던 그때의 기억이 되살아난다.

"기껏 면허까지 땄는데, 미안하지만 우리 집 만수무강과세계 인류의 평화를 위해서 내가 운전하지 않는 게 좋겠지?"라는 장녀의 물음에 부모는 깊이 수긍했다. 이후로 부모의 차를 운전한 적이 단 한 번도 없다. 언제나 아빠, 엄마에게 어린 시절에 차로 이곳저곳에 다녀 줘서 고마워요, 생각한다. 동시에 다 컸는데 대신해 주지 못해서 미안해요, 생각한다.

∮∮∮

제대로 커밍아웃하기까지 18년이라는 시간이 걸렸다. 그러나 나는 정말로, 정말로 운전이 서툴다. 작정하면 못할 것도 없다는 듯이 행동해 왔지만, 이제 두 번 다시는 절대로 운전대를 잡고 싶지 않다.

지금은 운전하지 않은 채 살고 있다. 도심에서의 일상생활은 대중교통으로 충분하다. 잠깐 여행을 떠날 때는 평소의 운전 부족을 해소할 겸 자전거를 탄다. 지방으로 출장을 떠날 때는 사전에 각지에서 택시를 부르는 방법을 미리 조사해 둔다. 장거리를 드라이브할 때는 지도 준비부터 졸음을 쫓는 역할까지 조수석에 앉아 운전자를 철저히 서포트하기 위해 노력한다.

"왜 뉴욕에서?"라고 질문받을 때마다 "남편도, 나도 운전이 서툴러서"라고 대답한다. 사실 미국은 개인 자가용이 없으면 이동이 불가능한 지역이 광대한 국토의 대부분을 차지한다. 우리 부부는 차 없이도 죽지 않고 해결할 수 있는 동네를 선택했다기보다는 다른 동네를 선택하지 못했다.

교외에 사는 친구들은 "도시보다 자연이 최고야. 그런데 단독 주택과 차 유지비가 엄청나"라고 한탄한다. 나는 나대로 "물가가 비싸서 최악이지만 운전을 면제받는 세금이라고 생각해"라고 답한다. 어느 쪽으로 굴러도 돈이 드는 게 인생이다. 그래서 우리 부부는 차를 가지는 비용이 아니라 가지지 않는 비용을 지불하기로 선택한 것이다.

며칠 전 친구와 마이애미로 놀러 갔을 때도 렌터카를 빌리지 않고 우버(Uber)나 리프트(Lyft)를 이용해 다 돌아다녔다. 우버, 리프트는 스마트폰 애플리케이션으로 어느 곳에서든지 불러낼 수 있는 차량 공유 서비스다. 운전자를 제외하고 최대 4명이 탈 수 있고, 행선지에서 가까운 타인과 좌석을 공유할 수 있다. 요금은 경로에 따라 다르다. 가장 쌌던 게 15분 정도의 거리를 둘이서 3, 4달러씩 지불했을 때다. 뉴욕의 지하철 기본요금인 2.75달러와 큰 차이가 없다.

서비스를 함께 이용한 사람 중에 관광객을 제외하면, 슈퍼에서 저녁 장보기를 끝내고 퇴근하는 여성, 할머니와 어린 손녀딸이 있었다. 현지 주민들은 짐이 많거나 누가 데리러 올 때까지 기다리기 귀찮을 때 이 차량 서비스를 이용하는 듯했다. 이른바 운전기사를 동반한 카 셰어링(car sharing)이라고 말할 수 있다.

앞으로 다가올 시대는 차량 공유 서비스가 당연해질 것이다. 개인 자가용을 소유한 사람도 점차 줄고, 자동차를 렌트하는 서비스마저도 사람들은 이용하지 않을 것이다. 각자 필요할 때 필요한 만큼 서로 융통해 가며 차량을 불러서 목적지까지 이동할 수 있는 서비스가 만연해질 것이다. 그 사이에 운전자도 사라지고 인공지능(AI)이 조종하는 진정한 '자동' 차가 우리를 데리러 올 것이다.

어릴 때부터 동경하던 면허를 따고, 염원하던 애차를 타고 신나게 씽씽 달릴 때 스트레스가 확 풀리는 사람도 있다. 무인 조종차가 나와도 마지막의 마지막까지 직접 핸들을 잡고 싶어 하는 진정으로 차를 사랑하는 사람도 있다. 그런 취미를 빼앗을 생각은 없다. 하지만 그 이외의 나머지 사람들은 '가능하면 운전하지 않고 싶다'가 본심 아닐까? 우리는 슬슬 이

의무에서 해방되어야 한다.

"18세기부터 21세기 초반까지는 무인 조종 기술이 완전히 발달되지 못해 인간이 전부 수동으로 운전했대요", "어머나, 미개해. 인위적인 교통사고가 다발했겠네. 술주정뱅이나 고령자가 운전하면 더 위험할 텐데, 태풍이나 대설 같은 날씨일 때는 어떻게 했을까?" 같은 대화를 주고받는 날이 곧 멀지 않았다.

그때의 나는 서른일곱 살에 운전을 그만둔 일에 관해 지금만큼 미안해하지 않아도 되겠지. 길고 긴 인생의 후반전을 보낼 즈음에 "이야, 저도 옛날에는 수동 운전이 서툴러서 엄청 애가 탔었죠"라고 웃으며 말할 그날까지 무사고, 무위반의 장롱 면허로 오래오래 살고 싶다.

잘할 수 있는 일에 몰두하려면
정당한 대가를 지불해야 한다.
동시에 내가 할 수 없는 일들은
과감히 그만둘 줄도 알아야 한다.

30

집안일,
꼭 내가 할 필요는 없잖아요?

'집안일' 하면 항상 연상되는 정경이 있다. 심야에 도심 속 고속 도로를 달리는 택시에서 바라본 빛의 띠가 그렇다. 거리는 죽은 듯 조용한데 서로 겹쳐 보였다가 사라지는 빌딩의 불빛 하나하나에 수많은 직장인이 숨 쉬고 있다. 흑암 같은 어둠 속에서도 죽지 않는 끈질긴 생명, 어떠한 수압도 견디는 심해 생물 같다.

택시는 '샥샥' 소리를 내며 수많은 곡선을 덧그리면서 원심력을 강하게 받아 고속 도로에서 도고시(戸越) 출구로 빠져나간다. 나보다 늦게까지 야근하는, 평생 얼굴을 마주할 일 없는, 나이도 성별도 모르는, 죽어라 일만 하는 샐러리맨들을 향해 측은한 마음을 담아 속으로 '미안합니다'를 외쳐 본다. 재앙

신을 모시는 듯하다.

갑자기 조수석의 뒤에 꽂힌 전단지가 눈에 확 들어왔다. 왼쪽으로 올라탄 뒷좌석의 승객이 바로 손에 넣을 수 있는 위치에 있는 콜택시 서비스의 자사 광고 사이로 '세대 연 수입 700만 엔 이상이라면 집안일 대행'이라고 적힌 전단지가 시선을 사로잡았다. 어떤 불황에도 영수증만 끊으면 회사 경비로 택시를 탈 수 있는 사람, 죽어라 일한 만큼 요금은 신경 쓰지 않고 택시를 퇴근 수단으로 선택할 수 있는 사람들을 향해 '다른 일도 돈으로 살 수 있답니다' 하고 달콤하게 속삭여 오는 광고였다.

당시 나는 혼자 사는 삼십 대 회사원이었고, 연 수입은 700만 엔이 채 되지 않았다. 매일 밤늦게 퇴근해서 잠만 자는 집은 완전히 황폐한 상태로 방치되었고 그 사실이 아무렇지도 않았다. 구체적인 숫자를 표시해서 강하게 단정 짓는 편이 속 시원했다. 하지만 그 전단지에 적힌 문구는 성서 말씀이나 동요처럼 한 번 뇌리에 박히니 기억에서 쉽사리 사라지지 않았다. 인생의 단계를 한 단계, 두 단계 더 끌어올릴 수 있다면 나에게도 집안일을 그만두는 선택지가 있는 것이다.

잇달아 결혼하고 차례로 육아 휴직을 가지는 또래의 친구들은 출산 전후의 우당탕탕 요란함 속에서 상당한 비율로 집안일 대행 서비스를 이용했다. 엄청난 갑부는 아니어도 물가와 급여 수준이 높은 오랜 도시 생활에서 남편과 비슷한 벌이에 집안일을 동등하게 분담하면서 자신의 경력을 포기할 마음이 추호도 없는 여성들이 애용하는 서비스였다.

한 대행업자는 주로 고령층인데, 전형적인 가정부 스타일의 베테랑이 와서 안심이라는 평판도 있고 반대로 시어머니 같아서 불안하다는 후기도 있었다. 다른 대행업자는 시간제에 요금도 싸서 시험 삼아 사용하기에 죄책감이 적다는 평과, 젊은 직원이 많아서 힘을 써야 하는 일에 남성을 지명할 수 있고 아르바이트생에게 잡무를 부탁하듯이 편하게 일을 요청할 수 있어 좋다는 후기가 있었다.

집안일을 아웃소싱할 때는 거부감과 죄책감이 동시에 수반된다. 소극파는 "우리 집은 너무 더러워서 청소하는 사람 부르기 전에 미리 청소해야 해"라며 신음한다. 난폭한 두 살배기 아이를 끌어안은 적극파는 고개를 가로저으며 "나도 처음에는 그렇게 생각했는데 적응되면 창피함은 사라져"라고 말한다. "시골 사는 시어머니가 도와주러 와도 환기팬 청소는 부탁하기 어렵잖아. 먼 친척보다 가까운 남이 최고야"라면서.

결혼 직후 여러 가지로 분주한 시기에 나도 집안일 대행 서비스를 이용한 적이 있다. 몸집이 작은 여성이 와서 지정 유니폼으로 갈아입고 정확히 시간을 재면서, 우리 부부가 속수무책으로 여기며 차마 본가의 부모에게 부탁하지 못한 여러 집안일을 이것저것 정리해 주었다. 신기한 비밀 도구를 사용해서 욕실과 주방의 찌든 때도 깨끗하게 없애 주었다. 덕분에 반짝반짝 광이 나고 집 안 전체가 한층 밝아졌다. 침대 정돈만큼은 만족스럽지 않아서 웃는 얼굴로 직원을 배웅한 뒤에 다시 매만졌다.

입자가 피건한 그녀는 역시 나와 마찬가지로 '일하는 여성'이다. 개인 가방 사이로 보이는 캐릭터 상품으로 보아 어린 남자아이를 둔 아이 엄마인 듯했다.

우리 부부가 집안일 대행 서비스를 받고 지불한 요금은 그녀의 임금이다. 그 돈은 아들을 맡긴 어린이집에 입금되고, 다시 그 돈은 어린이집 교사의 급여가 될 것이다. 그 여성과 단골 거래처 기업에서 근무하는 업무 파트너 여성은 다를 바가 없다. 저마다 각자 일한 만큼에 해당하는 대가를 정당하게 지불받을 뿐이다.

✐✐✐

나의 엄마는 전업주부라는, 역사가 짧은 극히 특수한 직업에 종사했다. 전쟁 후에 태어나 샐러리맨인 아빠와 결혼해서 한 번도 밖에서 일해 보지 않은 채 가정을 도맡아 온 지가 수십 년이다. 분명 '집안일에 돈을 쓴다' 같은 발상은 전혀 하지 않을 것이다.

엄마에게 집안일을 돈을 주고 사람에게 맡기자고 말하면, 엄마는 그 같은 일에 관하여 집사, 보모, 가정부, 요리사를 아예 데리고 살면서 그들에게 은식기를 닦도록 지시하는 귀족 주인의 이미지를 떠올리기 때문에 분명 "우리는 그럴 여유 없다"며 웃고 말 거다.

한편 딸인 나는 매일같이 밤늦게 야근하고 택시를 타고 퇴근하는 생활을 반복하다 보니 엄마처럼 완벽한 살림은 도저히 무리라고 판단했다. 혼자 살 때 친구와 자주 "아내가 있으면 좋겠다"고 투덜거렸다. 아니면 일을 마치고는 피곤한 몸을 이끌고 집에 오면, 나 대신에 손수 요리를 해 놓고 기다리는 로봇이 있었으면 좋겠다. 불평 한마디 없이 묵묵히 지내다가 버튼을 누르면 전원이 꺼지는 그런 로봇.

결국 엄마도, 나도 각자의 위치에서 집안일을 한 단계 아래로 보았다. 은연중에 그 일의 종사자들을 깔보았을지도 모른다. 집안일을 엄마는 타인에게 부탁할 정도는 아니니까 직접 하는 거고, 나는 직접 하기 싫으니까 타인에게 떠넘기는 거다. 아직 젖비린내 나는 독신 남성과 이야기하다 보면, 내가 원하던 재택 로봇이 하는 역할의 의지와 인격을 살아 있는 인간 여성에게 부여하거나 강요하려 할 때가 있다. 참으로 비린 사고방식이다.

집안일 역시 노동이다. 일시적이지만 대행 서비스를 사용해 보니 그 말을 시각적으로 실감할 수 있었다. 2시간에 몇천 엔, 확실히 조금 비싸다. 하지만 이 정도 돈은 미용실이나 마사지 가게에서 서비스를 받을 때, 세탁소에서 셔츠를 맡기면서 다림질을 주문할 때 지불하는 비용과 비슷하다. 화장실 청소, 가스레인지 닦기, 옷방 정리에 소요되는 시간이 무상으로 간주될 리 없다. 그러므로 집안일 대행 서비스는 가정부를 고용하는 일에 비하면 파격적으로 싼 금액이다.

이제 '집안일'이라는 단어를 떠올릴 때 연상되는 이미지는 욕실 곰팡이 제거나 마당 손질로 힘들어하는 엄마의 등이 아니라, 유니폼으로 갈아입은 대행업자의 모습이다. 내가 도저히 못하는 일을 전문 직능을 지닌 사람에게 맡기는 거다. 정당한 대가를 지불하고 내가 잘하는 일에 더 몰두한다. 이렇게 사회 전체가 효율화되면, 언젠가 모두 행복해지는 미래가 완성되지 않을까.

인생의 계단을 한 단계 올라갈 수 있다면 잘못하는 일은 그만두어도 괜찮다. 심야의 흔들리는 택시 안에서 한 장의 전단지를 손에 쥔 채 지금 당장은 무리여도 마흔에는 적어도 한 가지 이상은 그만두자, 생각했다. 지금은 회사를 그만두고 다른 곳에서 다른 생활을 하고 있지만, 만약 집안에서 감당할 수 없는 일이 일어나면 곧바로 대행업자에게 연락할 거다. 이는 누구도 죄책감을 느낄 일이 아니다. 절대.

31

다리미질에
좀 소홀해지면 어때서

　　신입 사원 시절에 살았던 목조 공동 주택은 방 안에 세탁기를 둘 수가 없어서 주말에 세탁물이 쌓이면 짊어지고 나가서 동전 세탁기가 있는 근처 목욕탕에 다녀왔다. 거기는 도난 주의 벽보가 여기저기에 걸려 있고, 온갖 섬유유연제 향과 뜨거운 열기가 뒤섞인 공간이었다.

　　나는 세탁기가 다 돌아갈 때까지 주간지를 보거나 문고본을 읽으며 시간을 때웠다. 비오는 날도, 바람 부는 날도 드럼 세탁기가 완전히 멈출 때까지 나는 어디에도 갈 수 없었다. 인간이 작동을 지켜보지 않으면 안 되는 기계를 '전자동'이라 부르는 건 이상하지 않나, 생각했다. 다음으로 이사한 곳은 현관문 앞에 그토록 염원하던 세탁기를 설치했다. 그래도 여전히 불만은 있었다. 볕이 안 드는 북향의 방에서 대량으로 실내 건조를 하다 보니 습도가 오르는지, 다림질할 때마다 땀투성이가 되었다.

♪♪♪

주름을 펴는 스프레이도 사고, 옷깃과 소매의 찌든 때를 제거하는 전용 세제도 사고, 고농축 섬유유연제와 세탁볼도 샀다. 하지만 카레 얼룩은 지워지지 않았고 스웨터는 쪼그라들었다. 실패할 때마다 뒤늦게 깨알 정보를 검색해 가며 시행착오를 극복해 나갔다.

고급 주택가의 멋진 아파트에 사는 연상의 지인이 "정장 차림으로 일해야 하니까, 매일 셔츠를 다리는 일이 너무 귀찮아"라며 한탄했다. 그런 부자도 나와 똑같은 일로 귀찮음을 느낀다는 사실에 내심 놀랐다. 그러던 차 집에서 가장 가까운 역 앞의 상점가에 고도의 얼룩 제거 기술로 전국적으로 유명한 작은 세탁소가 있다는 사실을 알았다.

밑져야 본전이라는 마음으로 얼룩진 치마를 맡겼는데, 평판대로 얼룩이 깨끗하게 지워져서 깊은 감명을 받았다. 그 순간, 유리문에 붙은 요금표에 시선이 멈추었다. '셔츠, 블라우스 드라이클리닝 120엔부터' 역시, 인기의 비결은 여기에 있었다. 당시로서도 눈을 의심할 정도로 저렴한 가격이었다.

그 자리에서 나는 바로 그 세탁소의 회원으로 등록했고 이후로 미친듯이 이용했다. 업무복인 블라우스는 옷깃이나 소매가 더러워지면 바로바로 맡겨 버렸다. 택배 서비스는 없었고 급한 마감은 별도의 요금이 들었지만 주말에 모아서 받아오거나 모아서 맡기면 최저치를 유지할 수 있었다.

정장이며 코트며 웬만한 옷은 죄다 맡기다 보니 집에서 빨 수 있는 값싼 옷을 한가득 사서 입고 버리는 것보다도 마음에 드는 옷을 신중히 구입해서 5년이고 10년이고 오래 입는 쪽이 내 성격에 훨씬 잘 맞는다는 사실을 깨달았다. 세탁비를 생활비가 아닌 의복비로 환산하기 시작하자 정장을 구매하는 방식까지 달라졌다.

세탁소 앞에서 전문가와 나누는 잡담 덕분에 독학으로 손빨래할 때보다 깨알 지식도 늘었다. 무엇보다도 고작 하루 입고 쭈글쭈글 더러워진 셔츠 블라우스가 새하얗게 말쑥해져서 돌아왔는데 그 값이 캔 커피값보다 쌌다.

매월 의식주에 쓰는 돈이 나와 차원이 다를 것 같은 유복한 사람들이 '다림질이 귀찮다'고 한탄하는 모습에 공감한다고 마음에도 없는 맞장구를 치지만, 나는 예전부터 손수건 이외에는 다림질하지 않았다. 그뿐만 아니라 손수건 대신 봉제 인형이나 핸드 타월 등 깔끔하게 다림질되지 않아도 상관없는 것들을 사는 빈도가 늘어났다.

집이나 차를 현금으로 사기보다, 밤마다 고가의 와인을 따기보다, 매일 다른 명품 가방을 들고 생활하기보다, 캔 커피 한 잔을 참으면서 하루에 120엔을 세탁소에 지불했다. 그렇게 전문가에게 다림질을 맡기고 나는 집안일에서 점점 더 멀어져 갔다.

몇 년 전에 이직한 이후로 남 앞에 정장 차림으로 나갈 기회가 격하게 줄었다. 이제는 어디를 가든 집에서 빨 수 있는 후줄근한 옷들 뿐이다. 흰 셔츠는 꽤 오랫동안 입지 않아서 매월 들어가는 드라이클리닝 비용도 예전처럼 가계를 압박하지 않는다. 세탁비는 항상 무조건 나가야 하는 고정 지출이 아니었다.

바쁘게 일하던 젊은 시절에 유명 세탁소 근처에서 살았

던 행운을 틈타 서툰 집안일을 그만둔 선택에, 나는 돈을 아주 올바르게, 탁월하게 썼다고 생각한다.

쇼와의 잔향이 감도는 동전 세탁기 앞에서 시간을 때우며 몽상하던 '전자동'이란, 쓸데없는 일에 일일이 고민하지 않아도 되는 상태를 말한다. 인류에게 이런 해방감보다 높은 가치가 있는, 반드시 돈을 주고 사야 할 것은 단연코 없을 거다. 돈으로 시간을 살 수 있기 때문이다. 그러므로 내 주머니 속의 푼돈은 큰돈이 필요 없는 일에 더 자유롭게 사용될 수 있다.

지금은 인간이 전문적으로 세탁소를 운영하지만 언젠가는 진정한 의미에서 전자동화되고, 나아가 가격도 파격적으로 바뀔 것이다. 인공지능에게 일 자리를 빼앗길까 봐 두려워하는 사람도 있지만 집안일의 최적화야말로 하루빨리 기계에 맡기는 것이 좋다. 인류가 진심을 담아 회전식 건조기를 돌리고 애정 가득히 다림질하는 것보다 감정 없이 담담히 천연 세제를 적정량 투입해서 세탁이 끝나면 빨래를 묵묵히 널고 건조하는 업무용 머신의 마무리가 훨씬 아름다울 테니까.

32

맛있는 음식을
　사 먹을 권리

　　국어와 산수, 서예와 뜀틀과 리코더 등 사람마다 각자 맞는 게 있고, 안 맞는 게 있다. 나는 미션을 완수하기 위해 절차를 구성하고 능숙하게 타임 트라이얼에 도전하는 일에 예전부터 참 서툴렀다. 이를테면 요리 실험, 가정 시간의 조리 실습이 그렇다. 불가역성과 마주하면서 긴장을 강요당하면서도 스스로 완성작에 대한 평가는 매우 엄격했다.

　　나는 과자 재료의 계량이나 생선 살을 발라내는 일보다 리트머스 시험지 실험이나 개구리 해부를 더 좋아했다. 인생에서 두 번 다시 경험할 수 없는 일이라고 생각하며 증발 접시의 아름다운 잿빛 반응을 바라보는 일을 즐거워했다. 반대로 조리 실습은 우울했다. 가정 수업 시간에 선생님은 항상 우리에게 "어른이 되면 매일 해야 할 일이야"라며 설교를 늘어놓았다. 부엌일은 여자가 매일 해야 하는 일이라는 그 압박감이 나를 오랫동안 옥죄었다.

♪♪♪

슈퍼에서 사 온 내가 좋아하는 식재료를 연구해 가며 열중해서 술안주로 만들어 나간다. 어쩌다 갖는 휴일에 주방에 서면 충실감이 느껴져 기분이 전환되곤 했다. 하지만 실제로 내가 주방에 서는 이유의 9할은 일시적인 기분 때문에 구매하고 남은 식재료를 처리하기 위해서였다.

냉동고에 부추와 배추를 수납하기 위해 냉동된 밥을 해동해서 먹는다거나, 참깨 드레싱의 유통 기한이 얼마 남지 않았다거나, 익혀 먹는 채소를 대량으로 삽는다거나, 선물로 받은 사과가 썩을까 봐 잼을 만든다거나 그런 이유로 말이다. 오직 버리기 아깝다는 소극적인 절약 정신에 의해 불안정한 맛의 고기 채소볶음, 정체를 알 수 없는 잡탕찌개 카레, 무엇을 넣어도 맛이 똑같은 달걀조림 등 명명할 의욕도 생기지 않는 요리를 1인분씩 만들어서 텔레비전을 보면서 말없이 먹었다.

그 공허함에 설거지하는 수고까지 더하면 고도로 발달

한 일본의 외식 산업의 위대함이 떠올라, 문득 억울한 마음이 들었다. 500엔 동전 하나로 30가지 품목의 편의점 도시락을 골라서 살 수 있고, 따끈따끈한 소고기덮밥에 된장국과 샐러드까지 곁들일 수 있었다. 그런데 나는 집에서 왜 이러고 있을까. 스스로가 처량해 보였다.

요리를 잘하는 사람들은 "손수 밥을 해 먹으면 절약도 되고 좋다"고 말하지만 대가족이 냄비를 에워싸거나 매일 아침마다 도시락을 싸는 게 아니라면 좀처럼 공감하기 어려운 말이다. 먹고 싶어서 바지락탕을 해 먹은 다음 날에 먹고 싶지 않은 봉골레 스파게티를 만들어 먹어야 하는 반강제적인 상황을 과연 경제적이라 말할 수 있을까, 생각하며 밥을 사 먹으러 밖으로 나왔다.

손 하나 까딱하지 않고 대접받았던 본가에서의 생활이나 남을 불러 대접하는 게 취미라는 친구들의 호사스러운 요리에 비하면, 내가 지어먹는 밥은 정말로 손수 다듬은 식재료에 불과하다.

직장에서 혼자 사는 여성이 "저는 요리를 안 해요"라고 말하면 순간 정적이 흐른다. 또 어떤 여성이 더러운 방에 산다고 이상한 소문이 나서 당사자가 이를 적극적으로 해명하기라도 하면 "집안일이 서툴러서 부엌일도 잘 안 하죠?"라고 물으며 사람을 당황시킨다.

떨어진 셔츠 단추를 다시 달거나 더러워진 신발을 닦는 정도의 집안일을 하듯 나도 주방에서 요리를 한다. 그런데 속옷을 자주 손빨래해도, 정해진 요일에 제대로 분리수거를 해도, 깨끗해질 때까지 화장실을 청소해도, 장식 선반을 직접 만들어도, 관엽 식물을 잘 키워도 '요리를 안 한다'고 말했을 뿐인데 집안일을 전혀 못하는 사람으로 받아들여진다. 참 희한하다. 생활에 필요한 여러 집안일 중에서 부엌일의 가치만 어쩐지 유난히 높이 평가되는 듯하다.

✦✦✦

도쿄에서 신혼생활을 하던 당시에는 아침 일찍 일어나 빵을 만들어 굽기도 하고 몇 시간 동안 찜 요리에 매달려서 남편이 좋아하는 맛을 찾으려고 노력했다. 그것이 나의 역할이라 믿으며 입맛을 사로잡지는 못해도 '요리 못하는 아내' 소리는 듣지 않기 위해 꾸역꾸역 계속 주방에서 자리를 지켰다.

영양 만점의 요리가 즐비하게 놓인 식탁에 가족이 단란

히 모여 앉아 있는 게 최고의 행복이고, 이를 매일 할 줄 알아야 진정한 어른이라고 여기면서. 하지만 이 헛된 신혼 놀이는 일찌감치 종료했다.

원래 우리 부부는 각자 엥겔 계수(생계비에서 음식비가 차지하는 비율)가 높았고, 도심 내 유수한 술집 거리와 가까운 곳에 신혼집이 위치했지만 친구들이 불러내면 부리나케 나가는 생활을 조금도 바라지 않았다. 그러던 어느 날 저녁 반주를 마시며 안주로 나물을 내밀자 남편이 불쑥 "와, 집에서 콩나물은 처음 먹어 본다"고 중얼거렸다. 이 말이 결정적인 계기가 되었다.

나는 혼자 살 때 떨이로 파는 콩나물을 집에서 자주 쪄 먹은 터라 상당히 그 맛에 질려 있었다. 집에서 콩나물을 먹느니, 다소 지출이 불어나도 근처에 새로 개업한 와인 바에 가고 싶었다. 보기 좋게 서로의 본심을 들켜 버린 순간이었다.

나는 현재 거의 요리하지 않는다. 아침은 커피를 끓여 과일이나 요구르트를 먹고, 점심은 행선지에서 간단하게 해결하는 일이 많고, 저녁도 남편과 함께 한잔하러 밖으로 자주 나간다. 집에서 일할 때는 아침 겸 점심으로 집에서 식사를 해결하지만 주방의 주도권은 남편이 쥐고 있어서 나는 설거지만 한다. 해외에서 생활한 뒤부터 집에 있을 때는 좀처럼 먹을 수 없는 산뜻하고 담박한 일식 정식을 주로 만들어 먹고, 뒷정리가 귀찮은 튀김 요리나 오븐 요리는 웬만하면 하지 않는다. 반찬은 늘 주문해서 먹는다.

남편은 결혼 전에 밥을 거의 지어 먹은 적이 없었는데, 미국으로 이사하고 집 근처에서 먹은 일본 요리의 형편없는 맛에 분개하여 "이런 음식을 돈 주고 먹다니, 차라리 내가 직접 만든다"라고 말하며 갑자기 초보자용 요리서를 대량 구입했다. 그 뒤로 육수를 내는 법부터 하나하나 요리를 공부하기 시작했다. 필요한 조리 기구나 조미료를 모두 구비해 놓고 꾸준히 연습하더니 순식간에 실력이 향상되어 이제는 나보다 요리를 더 잘한다.

건강식 키레를 만들기 위해 남편은 향신료 서반부터 청과 시장, 유기농 채소 가게에 들려 깜짝 놀랄 만큼 맛있고 비싼 재료들을 사 오기 시작했다. 어제는 퀴노아를 삶았다. 내 잡탕찌개 인생과 큰 차이가 있다. 그런데 레시피에 '케일 줄기를 사용한다'고 쓰여 있으면 곧이곧대로 줄기를 제외한 나머지 잎 부분은 몽땅 쓰레기통에 버리려 했다. 나는 이를 옆에서 황급히 뺏어서 볶은 다음 요리를 하나 더 만들어 냈다.

닭 요리를 할 때는 닭을 삶는 일은 남편이 담당하고, 국물로 죽을 끓이는 일은 내가 한다. 혼자에서 둘이 함께하는 생활로 바뀌었지만 나는 여전히 폐기물을 처리하는 편이다. 결혼한 이후로 요리에 눈을 뜬 남편은 참으로 즐거워 보인다. 먹고 싶은 식재료만 사고, 만들고 싶은 메뉴만 만든다. 가끔 점심으로 만들어 먹는 일본 정식은 횟수를 정해 놓았다. 실력은 쌓였어도 매일은 못하겠다고 하기에.

***

우리 부부가 함께 돌아다닌 여행지에서 특히 마음에 들었던 곳은 대만의 야시장이다. 이른 아침부터 늦은 밤까지 시장에는 다양한 포장마차가 즐비했고 무엇을 먹어도 싸고 맛있었다. 달달한 군것질까지 포함해서 하루에 네다섯 끼를 먹었다. 그야말로 계속 무엇인가를 부산스레 먹어 대는 무위도식 여행이었다. 대만은 보통 맞벌이 가정이라서 주방이 없는 집 구조의 임대 건물이 많다고 했다. 그래서 외식 문화가 발달되어 있는 듯했다.

나는 이안 감독의 영화 〈음식남녀〉가 떠올랐다. 집에서 정성스레 만찬을 준비해 딸들을 기다리는 아버지가 주인공으로 나오는데, 프로 요리사인 아버지가 매주 일요일 밤에 가족을 위해 솜씨를 발휘한다. 자녀들은 매주 풀코스 요리가 제공되는 본가의 식탁에 앉아 이를 고마워하면서도 지긋지긋해한다. 대만을 무대로 한 그 영화를 보고서 나는 '만드는 쪽도, 먹는 쪽도 서로 배려하지 않으면 지속되지 않겠구나' 하고 생각했다.

식탁에 둘러앉아서 보내는 가족의 단란함을 무엇보다 중시하고 매일 함께하는 문화를 공유하는 사람들에게는 남녀노소 누구나 야외 길가에 앉아 저녁을 해결하는 대만의 광경이 분명 비일상적으로 보일 거다. 그러나 우리 부부는 야시장의 포장마차에서 그들과 같이 밥을 먹으면서 "이 식문화가 우리한테 딱이네"라며 같은 말을 몇 번이고 반복했다. 도쿄나 뉴욕에서 계속 모색하던 일상의 이상적이고 최적화된 모습을 여기서 발견한 듯했다.

대만에서 돌아온 뒤부터 우리 부부는 "맛있는 음식을 먹으러 다니는 것을 좋아해서 집에서 거의 요리하지 않아요. 자녀가 있으면 힘들겠지만, 성인 두 명뿐이라 밥을 지어 먹지 않아도 그런대로 생활이 가능해요. 사이좋게 외식을 즐기다 보니 맛 좋은 가게도 여럿 개척해 두었어요"라며 밝은 어조로 당당히 말하고 다닌다.

　외식을 많이 하면 건강에 좋지 않다고 협박받는 일도 종종 있지만 초심자가 직접 해 먹는 음식 역시 건강에 좋지 않을 확률이 높다. 집에서는 국 하나에 반찬 한두 가지로 끼니를 해결하고, 고기나 채소는 밖에서 실컷 먹는 편이 오히려 몸의 균형을 유지하기 쉽다. 규칙적으로 절제하면서 외식을 이어가는 지금이 집에서 콩나물만 먹던 때보다 훨씬 건강하다. 식재료 관리의 주도권을 남편이 가진 덕분이기도 하지만.

　'가정으로 회사 일을 가져오지 않는' 버릇뿐만 아니라 '가정으로 부엌일을 가져오지 않는' 습관 또한 철저히 지켜지면 장점이 매우 크다. 대만이 바로 그 본보기다. 절약은 식비 이외에서 변통이 가능하다. 하지만 과식이나 건강을 관리하는 일에 충분히 신경을 쓸 필요가 있다. 마흔이 넘어서도 강인한 위장과 함께 이 생활을 지속하려면 말이다.

33

정리 정돈의 늪에서
빠져나오다

　사람들은 정리 정돈에 얼마나 자신이 있을까? 내가 정리 정돈에 꽤 자신감을 보이면 가족들은 모두 놀란 표정을 짓는다. 온갖 잡동사니가 가득한 내 방, 마구 어질러진 내 책상, 도무지 정리되지 않는 산처럼 쌓인 내 세탁물 등 가족들은 누구보다 나를 잘 알기 때문이다.

　자신감이라기보다 확신에 가깝다. 나는 내 분수를 아주 잘 안다. 베스트셀러 《인생이 빛나는 정리의 마법》의 저자이자 넷플릭스 방송 〈곤마리〉에 등장하며 세계적인 인기를 자랑하는 곤도 마리에의 정리 정돈 능력치를 레벨 99라고 가정한다면, 나는 레벨 40 전후다. 나는 정리 정돈은 잘하지만 단샤리 능력치는 평균보다 낮고, 수납 능력치는 보통이다. 또 대

청소는 좋아하지만 물건을 잘 버리지 못하는 치명적인 약점이 있다.

바쁜 일상에 치여 정리 정돈 레벨이 40을 밑돌게 되면 나는 한순간에 분실물이 많아진다. 있어야 할 장소에 있어야 할 물건이 없어 찾아 돌아다니느라 귀중한 시간을 낭비할 때가 많다. 물건에 따라서는 재구입하거나 재발행해야 하는 경우도 있다. 그래서 서둘러 정리하는 편이다. 특히 여행 전에는 방의 정리 정돈 레벨을 50, 60 정도까지 만든 다음에 짐을 꾸린다.

나는 여럿이 함께 일하는 사무실이나 촬영 현장에서 사람들의 정리 정돈 능력치가 레벨 20 이하라고 직감하면 솔선하여 주변을 치우고 정리 정돈 레벨을 끌어올린다. 청소하는 직원이 알아서 할 거라고 하지만 당장 정리하지 않으면 전반적으로 작업 능률이 떨어지기 때문이다. 반대로 사람들의 정리 정돈 능력치가 레벨 80 이상이면 나는 그들의 규칙을 충실히 따른다. 그들을 따라가는 것만으로도 충분히 벅차다.

홈 파티도 경우에 따라서는 분리수거나 설거지를 부지런히 도울 수 있으나, 집주인의 결벽 레벨이 90 이상이면 상대방이 부탁하기 전까지 구석에 가만히 있는다. 솔직히 말해 나는 센스와 미학으로 갈고닦여 지나치게 깨끗한 집에 초대되면 힘겹다. 반짝반짝 빛나는 쇼룸과 엉망진창 더러운 집은 피차일반이다. 둘 다 불편하다. 양쪽을 비교할 때 나는 어디쯤에 속하는지 생각해 보면, 아마 중간보다 아래인 레벨 40 정도가 아닐까 싶다.

《인생이 빛나는 정리의 마법》에서 곤마리 선생이 정리정돈에 열중한 나머지 병원에 긴급 호송된 에피소드가 있는데, 다시 읽어도 간담이 서늘해진다. 그녀가 살아 돌아올 수 있었던 건 그녀가 레벨 99인 능력자였기 때문이다. 그러니 레벨 40인 내가 그녀처럼 되고자 하는 건 지금 당장 샌들 차림으로 에베레스트를 올라가는 것처럼 무모한 일이다. 그러므로 자신에게 힘겹게 느껴지는 지점이 있으면 무조건 달리지 말고, 목표를 다시 조정하거나 낮추는 유도리가 있어야 한다.

♩♩♩

의류 수납 기술을 충분히 참고하니, 지금까지의 스트레스가 거짓말이었다는 듯 옷장 사용이 편리해졌다. 하지만 퇴근과 동시에 가방의 내용물을 모두 꺼내라는 가르침은 정중히 무시하고, 파우치를 통째로 다른 가방으로 옮기는 종래의 방법을 고수하고 있다. 따라 할 수 없는 건 안 하는 게 최고다.

나의 일상용 가방은 거의 비상용 수준이다. 반나절은 물론이고, 하룻밤 정도는 숙박이 가능한 상태로 항상 준비되어 있다. 비가 내릴지 안 내릴지 마음을 졸이는 일이 너무 귀찮아서 가방에 초경량 접이식 우산을 사서 넣어 두고는, 그 사실을 새까맣게 잊어버리기도 했다. 지금은 보조 배터리를 휴대하지만 예전에는 건전지도 챙겨서 다녔다.

열쇠, 카드, 휴대 전화만 들고 다니는 친구들은 왜 항상 나에게 짐이 많은지 이해할 수 없다고들 하지만, 여기에 갈아입을 옷만 챙기면 몇 박도 충분히 가능하기 때문에 개인적으로는 짐이 적다고 생각한다. 실제로 며칠 묵는 일정으로 여행을 떠나면 그녀들보다 내 가방이 훨씬 가볍다. 평소에 '여행 가방이다' 생각하고 휴대품을 엄선해서 들고 다니기 때문이다. 그러므로 가방 안의 내용물을 정돈하는 나의 능력치는 레벨 70 이상 된다고 본다.

반면 큰 공간과 머물러 사는 방에 대한 정리 정돈 능력치를 레벨로 환산하면 상당히 낮다. 나는 온갖 문구류를 빈 과자 상자에 잡다하게 담고, 이를 도구함으로 사용한다. 또 뱅커스 박스, 즉 뚜껑 달린 골판지 상자를 그대로 수납함으로 사용한다. 그리고 매일 사용하는 귀중품의 경우는 일일이 꺼내지 않고 가방에 넣어 둔다. 적당히 정리하면서 레벨 40으로 사는 이 상태가 나는 딱 좋다.

♩♩♩

일본의 홈 센터, 대형 문구점, 100엔 숍 같은 곳에 가면 정리 정돈 아이템과 수납할 때 유용한 상품이 너무 다양해서 정말이지 눈이 확 돌아간다. 아주 세세하게 구별된 소분 케이스, 넣을 수 있는 펜의 개수까지 정해진 필통, 바지런한 레이블링이 요구되는 파일, 짝을 맞춰 끼워야 서랍에 꼭 들어맞는 칸막이 등 더 꼼꼼하게 더 세밀하게 정리할 수밖에 없다.

나의 레벨을 잘 파악하지 못했던 과거에는 이런 상급자 대상의 정리 정돈 신상품을 아무렇지 않게 사고 이를 전혀 활용하지 못한 채 방치해 두는 대실패를 반복했다. 개인적으로 상품 진열 선반에 권장 능력치를 확실히 표기해 두면 좋겠다. 내가 매장에 직접 가서 '대상 정리력: 레벨 58 이상' 같은 스티커를 붙여 두고 싶은 심정이다. 아이들 장난감에 '대상 연령: 3세 이상'이라 기재되어 있듯이 말이다.

고도의 신상품이 끊임없이 개발되기 때문일까. 내 방이 생각대로 정리되지 않거나 금방 더러워지면, 다시 정리해야 한다는 참을 수 없는 초조함보다 레벨 99의 방처럼 정돈되지 않아서 느끼는 부담감이 압도적으로 강했다. 너무 깨끗한 집에 초대되면 갑자기 피로해지는 이유도 그 때문이었다. 사람마다 사는 집, 일하는 방식, 생활 방식, 결벽의 정도는 모두 다르다. 하지만 우리는 마치 집안 관리나 정리 정돈에 인류 공통의 절대적인 정답이 있다고 믿는 듯하다. 모두가 에베레스트에 오를 수 없다.

좋아하는 것에 둘러싸여 사는 행복의 모양은 한 가지만 있지 않다. 스트레스를 줄이는 일이 최우선이라면 적당히 흐트러진 방에서 푹 자는 게 그 사람에게 가장 좋을 수 있다. 최저 레벨 40 이상에서 평균 레벨 60 정도로, 자신이 쾌적함을 느끼는 스트라이크 존을 크게 벗어나지 않는 선에서 생활할 수 있다면 그걸로 충분하다. 청소, 빨래, 부엌일, 설거지, 정리 정돈 같은 집안일을 완전히 그만둘 수는 없겠지만 적당히 내려놓고 무리하지 않으려 한다. 집은 사적인 공간이니, 굳이 말하지 않으면 들키지 않는다는 마음가짐으로 더더욱.

제6장

홀가분한 여성은
혼자서도 강하다

34

인생은
단거리 경주가 아니다

　　인간은 태어난 후부터 처음 20년간 서고 걷는 것을 기억하고 말을 배우고 익히며 다방면으로 교육을 받는다. 또 작아진 신발은 계속해서 갈아 신으며 육체의 상장을 중심으로 나이를 먹어 간다. 이처럼 스무 살까지 겪는 인생의 극적인 변화에 비하면 마흔까지의 20년은 참으로 담백하다. 하지만 그 시간은 부여받기만 했던 이전의 20년과 달리, 자신의 힘으로 미래를 변화시킬 수 있는 첫 번째 20년이다. 이 시기는 체력은 쇠약해져도 정신이 성장하는 데 정말 중요한 시간이다.

　　우리는 육체적으로 제 몫을 할 줄 아는 어른으로 보증받고 사회에 나가 일하면서 내 시간을 팔아 돈을 벌고, 그 돈으로 다시 내 시간을 돌려받는 운영을 반복한다. 타임카드를 찍고 출근하는 회사원, 언제 올지 모르는 고객을 맞이할 준비를 하는 자영업자, 아이나 노인을 부양하는 가정 내 노동자, 모두 타인을 위해 시간을 사용하면서 자신의 시간을 확보하기 위해 애쓴다.

마흔까지의 20년을 매일 정신없이 바쁘게 쫓기면서 지내다가 '순식간에 지나가 버렸네' 하고 탄식하는 사람이 많다. 주어진 역할에 무턱대고 열중해야 하는 한창일 때이기 때문에 그 이유가 어느 정도는 수긍이 된다. 그런 탓인지 효율성을 설명하는 매뉴얼이 주변에 넘쳐 난다. 지금보다 속도를 높여 일하면, 마음을 죽이고 일에 매진하면, 시키는 대로 하면 그만큼 자유로워질 수 있다는 식의 논조다.

하지만 단순히 시간만 짜내는 '하기'를 가속화시키는 방법 이외에 '안 하기'를 늘려 가는 사고방식도 있다. 생각해 보면 굳이 안 해도 큰일이 일어나지 않는 일이 세상에 참 많다. 대부분의 인간은 아무리 열심히 노력하고 살아도 결국 그 뜻은 다 이루지 못하고 죽는다. 예외가 없다. 그러므로 죽기 전에 하고 싶은 일은 당장 시작하고, 하기 싫은 일은 당장 그만두면서 더욱 자유롭게 살기 위해 노력하며 자신의 시간을 허비하지 말아야 한다.

♪♪♪

공자는 "나는 열다섯에 학문에 뜻을 두었고, 서른에 독립하였고, 마흔에 현혹되지 않았으며…"라는 유명한 말을 남기며 마흔을 '불혹(不惑)'이라 칭하였다. 하지만 21세기의 사십 대는 여전히 작은 미혹에 갈팡대고, 오십 대는 쉽게 발끈하고, 육십 대는 청바지를 입고, 칠십 대는 계속 일하고, 팔십 대는 여전히 건강하다. 전혀 늙어 보이지 않는 사람들이 큰길을 활보한다. '늙다'의 정의가 옛날과는 확연히 달라졌다.

현재는 과거에 큰 세대로 구분되던 마흔이 젊은 부류에 속한다. 육체적 성장의 절정에 놓인 성인이 정신적 성장에 의거하여 마흔에 상응한다고 주장하는 사람도 있다. 인간의 수명은 점점 늘어 간다. 과학적으로 예측되는 사실이다. 불과 몇백 년 전까지만 해도 생식 능력이 높을 때는 자녀를 많이 낳고 쉰 살을 맞이하지 못하고 죽는 것이 보통이었다. 그러나 지금은 자녀가 독립하고 시작하는 제이의 인생이 제일의 인생보다 길어졌다.

결혼이나 가족의 모습 역시 당연히 변했다. 여자로서 열아홉은 한창이라거나, 여자는 스물다섯이 유통 기한이라거나, 여자가 서른다섯이 넘으면 아줌마라는 식의 에이지즘(연령 차별주의)의 가치관은 이제 과거의 것이 되었다.

　의료와 간병의 도움 없이 자립해서 생활할 수 있는 '평균 건강 수명'도 길어졌다. 뜻밖의 사고를 당하거나 큰 병을 앓지 않는 한 오래 살 수 있고, 작은 부상과 병은 세포 재생 기술로 치료가 가능해질 것이다. 백 살까지 사는 사람의 존재는 당연해지고, 이백 살까지 살아도 전혀 이상하지 않은 시대가 올 것이다. 인간의 수명이 여든 살인 세상에 태어나서 백 세 시대를 살아가는 것이다. 현재 구글사는 인생 500년 시대의 도래를 주시하며 불로장생의 비법을 연구하는 프로젝트에 착수했다.

　'웬만하면 죽지 않는' 미래를 상상할 때 가장 걱정되는 것은, 조금씩 늘어나는 주름이나 흰머리도 아니고 좀처럼 쌓이지 않는 노후 자금도 아니다. 좀처럼 예측할 수 없는 일생 동안 '나의 것'이라 부를 수 있는 그 시간이 대체 얼마나 남아 있느냐 하는 것이다. 여생이 아주 많이 남아 있다면, '짧고 굵게 젊을 때 인생을 후회 없이 즐긴다'는 순간적인 만족을 추구하기보다 '가늘고 길게 스스로를 어르며 인생의 행복을 가꾼다'는 지속적인 만족을 지향하는 사람이 훨씬 많을 것이다. 그러므로 장수 사회에서 개인에게 가장 중요한 능력은 각자의 시간을 즐기는 기술이다.

고대 그리스에서 노동은 노예에게 맡기고 일반 시민은 '스콜레(scholē, 정신 활동에 주체적으로 할당하는 시간)'를 최대화하는 일을 가장 이상으로 여겼다. 스콜레의 어원은 '여가'인데 여기서 파생된 단어로 '학교'를 뜻하는 '스쿨(school)'과 '학자'를 뜻하는 '스콜라(scholar)'가 있다. 시대가 흐르면서 기독교적 가치관과 밀접한 '근로야말로 미덕'이라는 가르침이 전 세계에 전파되었는데, 근면한 노동자를 높이 평가하는 이 근대적 사고는 가까운 미래에는 완전히 배제될지도 모른다.

누구나 컴퓨터를 다룰 수 있는 시대가 되면서 타자수라는 직업이 사라졌고, 스마트폰이 보급되면서 전화 교환원의 역할도 과거의 일이 되었다. 2000년대 초반에 내가 잡지 편집자로 근무할 때, 에도 시대의 파발꾼처럼 퀵 서비스 메신저는 없어서는 안 되는 존재였다. 2010년대에는 클라우드로 모든 문서를 주고받으면서 대부분의 일을 처리했다. 즉, 계속 새로운 노동의 발명품이 인간의 역할을 대체해 왔다.

이제는 인류의 일 처리 능력이 인공지능을 따라잡지 못

하는 상황이 되면서 앞으로 인간은 회사의 노예조차 될 수 없는 형국이 되어 버렸다. 지금은 고대 그리스 시대의 노동 이상으로 일하지 않기 때문에 어떻게 개인의 시간을 보내는지가 중요해졌다.

시간 때우기는 누구나 할 수 있는 것처럼 보여도 실은 가장 창의력이 요구되는 일이다. 최근에 사회적 문제가 된 '정년 퇴임 후 우울증을 앓는 중장년층'의 증가는 이와 관련이 깊다. 앞으로는 자유 시간에 대한 내성이나 면역력 그리고 여가를 얼마나 생산적으로 보낼 수 있는지에 대한 능력이 노동의 성과 이상으로 삶의 보람을 형성해 나갈 것이다.

♪♪♪

지금은 웃음이 나지만, 나는 십 대 시절에 '1999년에 지구가 멸망한다'는 노스트라다무스의 대예언을 아주 진지하게 받아들였다. 스무 살을 맞이하기 전에 죽을 거라고 굳게 믿었다. 늘 죽음을 가깝게 생각했다. 그리고 짧고 굵게 한창 꽃필 무렵에 인생을 마치는 것이 가장 아름답다고 여겼다.

어느 록 뮤지션의 노래에 나오는 '서른 살 이상의 어른은 절대 믿지 않는다'는 가사를 마음 깊이 새겼다. 하지만 스무 살이 지나도 지구는 멸망하지 않았고 내 인생은 계속되었다. 순식간에 나는 서른 살이 되었고 절대 믿을 수 없는 어른이 되었다.

열아홉 살에 죽지 않고 대학에 간 나는 대학 시절의 은사에게서 "오카다 학생은 쉰 살쯤에 출세하지 않을까?"라는 소리를 들었다. 당시에 스무 살 안팎이었던 나는 속으로 '그런 쭈글쭈글한 할머니가 될 때까지 기다릴 수 없어! 지금 당장 큰일을 완수해서 얼른 출세하고 싶어!'라고 생각했지만 지금 내 눈앞에 마음만 조급한 스무 살의 젊은이가 앉아 있다면 나 역시 같은 말을 건넬 것이다.

인생의 피크는 자신이 상상하는 것보다 훨씬 멀리에 있다. 삶의 가장 아름다운 순간은 아직 오지 않았고, 앞으로 나에게 다가오는 중이다. 그렇게 생각하면 너무 앞뒤를 계산해서 목표를 설정하거나 자신의 젊음이 사라질까 봐 초조해져서 거기에 짓눌리는 일은 없을 거다.

'대기만성형 인간이 되려면 지금부터 사회를 공부해 두자' 싶어 스물넷에 샐러리맨이 되었다. 또 서른이 넘어서 '나에게 20년의 시간이 남아 있다면 다른 일도 시작해 보자' 싶어 이직을 결심했다. 서른다섯에 미국으로 떠날 때도 '2년 정도는 무직이겠지만, 노력하면 앞으로 15년 정도는 영어권에서 돈을 벌며 생활할 수 있을 거야'라는 기대가 강했다. 몇 년마다 생활 환경을 바꾸는 변덕스러움을 지탱한 덕분에 '쉰까지는 준비 기간이니까 괜찮다'는 근거 없는 자신감도 있었다.

'무슨 일이 있어도 서른 전에 출세하라!'고 질타하는 스승 밑에 있었다면 나는 분명 일찌감치 그 압박감에 무너져 꼼짝하지 못했을 거다. 너무 촉박한 마감 기한과 목표 때문에 생기는 초조함과 불안함 때문에 주위의 경쟁자를 신경 쓰는 일에 매몰되어 제대로 실력을 발휘하지 못했을 거다. 또 사소한 일에 이것저것 얽매여서 무엇을 시원하게 그만두는 일은 꿈조차 꾸지 못했을 거다. 나의 30년 뒤의 모습은 잘 그려지지 않는데, 삶의 여정은 당연히 복잡하고 꼬불꼬불한 거라고 여기면서 20년을 지나왔다. 나는 그 사이에 내 성격이 생각보다 더 대범하고 느긋하다는 사실을 깨달았다.

아주 먼 미래라고 여기던 쉰 살의 고개가 지금의 마흔처럼 금세 다가올 듯하다. 하지만 예전만큼 초조하지 않다. 시간은 충분하다. 이제 나는 나로 살 것이다. 예순 전에 그 성과를 수확하는 게 희망 사항이다.

하루는 쌓인다. 그날들이 쌓여 내가 된다.

앞으로의 하루들이 또 나를 만들어 갈 것이다.

이 사실을 기억하며 순간순간 삶을 깊이 음미하자.

35

나에게 가족은
　여기까지가 최선이에요

　　작년에 잠시 일본으로 돌아왔을 때 제사와 성묘를 위해
가을 천신제 시기에 맞춰 시골에 위치한 외가를 오랜만에 들
렀다. 가까운 친척들이 한자리에 모여 추억을 되새기며 이야
기꽃을 피웠다. 10여 년 만에 만난 사촌 여동생은 그 사이에
결혼을 했고 아이도 낳았다. 그 아이가 벌써 걸어 다녔다. 철
이 들고 나서 처음 만난 듯한 육촌 여동생들과도 술잔을 주고
받았다. 매우 유의미하고 신선한 시간이었다.

　　부모 세대는 종종 연락을 주고받는지 조부모 세대를 간
병하면서 각자 어떻게 지내는지 서로의 근황을 빠짐없이 알
고 있었다. 라인 그룹에 끊임없이 올라오는 결혼식, 장례식 사
진에 이모티콘 정도는 보내지만, 나는 이미 오래전부터 '친척

관계'를 그만두었다. 지금은 해외에 있어서 어쩔 수 없이 가족 모임에 참석하지 못한다. 아주 먼 곳에 떨어져 있다는 사실이 이런 면에서 좋은 면죄부가 된다. 가끔씩 나타나서 얼굴을 조금만 비춰도 대단히 반겨 준다.

여기에 이르기까지 참 힘들었다. 젊을 때는 지금보다 잦은 빈도로 친가와 외가 쪽의 부름을 받았다. 그때마다 "일이 바빠서 도쿄를 벗어날 수 없다"고 변명했다. 속이 뻔히 들여다보이는 거짓말이었고 해외 거주에 비하면 부적의 효과도 약했다. 억측은 억측을 낳아 '시집을 못 가니 우리를 볼 면목이 없는 거지'라는 소문이 돌았다. 나도 그런 소문을 흩뿌리는 무리를 만나고 싶지 않아서 가족 모임에 참석하지 않았다.

✎✎✎

친척과 거리를 둔 가장 큰 원인은 친조모다. 나는 그녀가 싫었다. 첫 손자인 나는 조모에게 맹목적인 사랑을 받으며 자랐으나, 원하는 것을 뭐든 얻는 대신에 신체의 자유를 빼앗겼다. 조모는 "엄마 딸 그만하고, 할머니 딸 하자. 얼른 약속해!"라며 집요하게 나를 협박했다. 재밌는 장난감이나 달달한 과자의 유혹에 넘어가는 순간, 곧바로 할머니의 딸이 될지도 모른다는 공포가 어린 나에게 강한 트라우마와 독립심을 안겨 주었다. 그런 식으로 인생이 결정되는 게 정말 싫었다.

내가 성장기에 반항적인 태도로 "할머니가 싫다"고 말하면 주변 어른들은 엄청 당황해했다. "밥 먹을 때 2시간만 참으면 되잖아. 얼굴만이라도 생글생글 웃어"라며 번번이 야단을 맞았다. 이유를 물으면 "같은 피를 나눈 할머니잖니!"라고 발끈했다. 내 마음을 속이는 것도 고통인데, 개인의 자유 의지보다 혈연이 우선이라니. 이런 바보 같은 명령에 얌전히 따라야 하는 친척이라는 이름의 커뮤니티에 3시간은커녕 3초도 소속되고 싶지 않았다.

조모가 존재하지 않았다면 나는 이 세상에 태어나지 않았을 거다. 사실 나는 계절이 바뀔 때마다 조모와 같은 식탁에 앉아 밥을 먹었고, 조모가 큰 병으로 병원에 입원해 있을 때도 자주 찾아갔고, 장례식에 참석해서 분향까지 했다. 돌아보면 나는 그녀가 그저 싫었을 뿐이지 증오하지는 않았다. 이를 자각한 후부터 순수한 경로 정신으로 노인들을 편히 대할 수 있었다.

조모의 죽음 이후에 여기저기서 "워낙 저런 사람이라 생전에는 참을 수밖에 없었지"라는 소리가 들려와 깜짝 놀랐다.

나를 혼내던 어른들도 사람을 물건 취급하며 지배하던 조모를 싫어했던 것이다. 어른들은 가족이라는 테두리 안에서 윗사람의 불합리함을 참고 견디는 시간이 길면 길수록 미덕이라고 여겼다. 마음을 속이고 충성을 다하며 노인들이 순서대로 죽기를 얌전히 기다리면서 언젠가 윗자리에 앉아 마구 으스댈 차례가 자신에게 돌아오길 바라지 않았을까.

나는 인생에서 참고 견디는 시간이 짧으면 짧을수록 좋다고 여긴다. 그래서 빠르게 친척 관계를 그만둔 나의 결단이 참으로 옳았다고 생각한다. 그동안 학업과 일에 치이면서 정신이 없이 살았다. 본가를 나와 혼자 살다 보니 통신망이 지역권을 이탈하는 일이 늘어났고, 가족 모임에 얼굴을 내미는 일이 극히 드물어졌다. 설령 엎어지면 코 닿을 곳에서 모일지라도 말이다.

이번에 방문한 외갓집에서 오랜만에 만난 사촌 동생들은 모두 상식적인 사람이라, 마음 편히 교류할 수 있었다. 사악한 인간은 한 명도 없는, 매우 평화로운 모임이었다. 하지만 나는 이번에 체류할 때 부모 세대와 몇 번이나 말다툼을 벌였고 이로 인해 완전히 녹초가 되어 버렸다. 본가와 가까이 살며 육아까지 하는 여동생은 태연한데, 나는 늘 분쟁의 원흉이 되었다. 역시 10년에 한 번꼴로 얼굴을 내미는 게 나의 한계인 듯하다.

태어날 때 이미 정해져 있는 친척과의 관계에 얽매이기보다 생판 남인 사람들과 긍정적인 관계를 맺으며 친구가 되는 쪽이 훨씬 생산적이라고 생각한다. 이를테면 마음이 잘 맞는 친구들 중에 가장 좋은 사람을 파트너로 선택해서 새로운 가족을 이루는 편이 훨씬 합리적일 것이다.

같은 피가 흘러도 가치관이 다를 수 있다. 그리고 유전자를 물려받은 관계일수록 가까이 있으면 서로 불편한 법이다. 10년 후에 만나도 웃는 얼굴로 인사할 수 있는 양호한 관계를 유지하기 위해 나는 친척 관계를 그만두었다.

36

영원할 수 없는
사람과 사람 사이

세상에는 친척과의 교류를 전혀 고통으로 느끼지 않는 사람도 있다. 내 부모나 형제들은 명절이나 집안에 행사가 있을 때 이것저것 바지런히 주고받고, 차를 빌리거나 반려동물을 맡기는 등 육아나 간병의 부담까지도 함께 나눈다. 푸념도 종종 들리지만 꽤 즐거워 보인다. 하지만 나는 그들이 순환하는 삶의 방식에서 제외된 지 오래다.

5년 전에 웨딩드레스를 입고 기념사진을 찍었는데 그 사진이 부모 명의의 연하장 도안에 무단으로 사용되어 '노처녀인 장녀를 드디어 해치웠습니다!'라는 손글씨와 함께 친척들에게 마구 보내졌다. 다양한 의미에서 '이제 마지막이겠구나' 싶었다. 그 후에 곧바로 해외로 이주했기 때문에 아무도 나에게 무엇을 바라거나 요구하지 않았다. 갑자기 집으로 제철 채소가 도착하는 일도 사라졌고, 거기에 일일이 감사 편지를 쓸 일도 없어졌다. 평화다.

우리 부부는 아이를 낳지 않을 계획이다. 그래서 더더욱 친천 관계를 그만두었다. 우리는 소극적인 편이라 인연을 딱 끊지는 않았다. 그저 일본에 잠깐 귀국할 때 한두 번 얼굴을 비추면서 1년 365일 중에 이틀 정도는 함께 친척들과 시간을 보내도 괜찮을 거라고, 본가는 추석과 설날에만 들르는 곳이라고 단순하게 생각하기로 했다.

♪♪♪

본가의 주소로 도착한 내 우편물 중에 고교 동창회로부터 온 편지가 있었다. 졸업한 지 20년이 지난 터라 동창회비를 고지한 이체 용지였다. 10년 단위로 3만 5,000엔이었고 너무 비싸지도 싸지도 않은 금액이었다. 이 돈을 내면 향후 9년은 갱신 통지서를 추가로 받지 않아도 된다고 생각하니, 선불이 오히려 이득이라고 느껴졌다.

친척 결혼식에 내는 축의금과 비슷하다고 간주했다. 신랑이 누구인지도 모르고 신부 얼굴이 잘 기억나지 않아도 일단 축의금을 보내면 평화로운 관계가 유지되는 것처럼. 예전에는 매일 얼굴을 보던 친구들인데 벌써 안 만난 지 20년이 다 되었다. 거의 먼 일가친척 수준이다. 무슨 말로 안부 인사를 건네야 할지 모르겠지만 일단 돈으로 가늘고 길게 교류를 이어가는 것이다.

친척, 친구, 직장 동료, 이웃과의 구별이 점점 모호해진다. 이를테면 돈을 빌려달라는 부탁을 받았을 때, 어린 시절부터 알던 상대에게는 지갑이 쉽게 열리지만 그 상대가 실제로 돈을 갚을 확률은, 지금 알게 된 완전한 타인과 큰 차이 없을지도 모른다.

어릴 때 학교 친구는 학교 친구, 학원 친구는 학원 친구, 가족은 가족, 친척은 친척, 이웃은 이웃으로 지금보다 관계의 구분이 확실했다. 매일 얼굴을 마주하는 사이면 그다지 친하지 않아도 '사이좋다'고 불렀다. 함께 등하교하는 관계라면 아무리 귀찮아도 갑자기 관계를 끊기는 어려웠다.

우리는 자발적으로 관계 형성을 위해 한 번도 제대로 노력해 본 적 없다는 듯이 수많은 사람에게 둘러싸여 있었다. 그리고 그것을 '인간관계'라고 믿었다. 하지만 어른의 인간관계

란 훨씬 옅고 약한 것이라 유지하기 위해서는 부단한 노력이
필요하다. 반면 자연히 소멸시켜 나갈 수 있다. 친구, 친척, 이
웃 같은 세세한 분류 라벨을 하나하나 벗겨 낼 수 있다.

오랜만의 재회를 기뻐하면서, 자주 연락하지 않아 생긴
어색함을 느끼면서, 서로를 향한 그리움을 표현하면서 인간
관계를 이어나갈 수 있다. 동시에 독촉장이 오기 전에 말없이
동창회비를 먼저 내거나 휴대 전화를 수몰시켜 연락처를 잃
어버린 척 몰래 퇴장하는 방법도 괜찮다.

✦✦✦

미국에 잠깐 들린 사촌 여동생을 뉴욕에서 만났을 때,
SNS로 사촌 남동생에게 말을 걸어 도쿄에서 같이 밥을 먹었
을 때 나는 신기한 감개에 사로잡혔다. 명목상으로는 30년 가
까이 사이좋은 친척 관계인데, 우리 사이에 공통된 화제가 하
나도 없었다. 공허했다. 우리가 쭈뼛대며 겨우 쌓아 올린 화제
는 각자 좋아하는 술과 요리, 일에 대한 열정, 최근에 본 연극
그리고 '부모 세대가 친척 관계를 강요하는 게 귀찮다'는 이야
기가 전부였다.

사실 우리는 직접 설계하지도 않은 가계도 안에서 때마

침, 우연히 가까이 있는 또래일 뿐이다. 피로 연결된 자들은 무조건 사이가 좋아야 한다는 소리를 들을 때마다 감정이 닳고 진이 빠진다. 사실 흥미도 없다. 어쩌다 갖는 술자리에서 인사하는 정도가 전부인 관계다. 부모를 동반하지 않고 만나기는 그날이 처음이었는데, 사촌 동생과의 재회라기보다 멘토와 멘티 같은 만남이었다.

절연이나 의절 같은 가열한 말을 사용하지 않고도 서서히 친척 관계를 그만둘 수 있다. 친척 관계와 상관없이 연락처를 새로 등록해서 개별로 완전히 새로운 인간관계를 구축하거나, 관계가 불편한 친척은 연락을 끊지 않되 무리해서 어울리 말고, 질긴 악연이 오래 이어지는 친구 같은 거리감으로 어중간한 관계를 유지하면 된다.

인간으로서 사회를 살아가는 이상 모든 인간관계를 내멋대로 끊고 맺을 수는 없다. 하지만 관계에 있어 그만두기 기술을 잘 활용하면 특별한 의미와 과도한 기대를 가졌다가 실망하는, 일희일비하는 마음을 조금씩 누그러뜨릴 수 있지 않을까.

37

미인은 잠꾸러기?
잠이 보약이다

마혼이 되기 전에 여러 가지를 그만두었다. 이를 통해 미래를 주시하며 단념하는 힘과 얼마 정도의 경비를 얻고 싶었다. 결과적으로 그동안 하기 싫은데 계속하면서 빼앗겼던 본래 나의 것인 자유 시간을 손에 넣을 수 있었다.

아무것도 하지 않는 삶의 여백이 없으면 나는 착실하게 사회생활을 할 수 없다. 동료가 한숨을 돌리려 수다를 떠는 동안에 혼자 가만히 잠자코 있는 것도, 지하철로 갈 수 있는 장소를 택시로 빨리 가는 것도, 차를 타야 하는 거리를 일부러 도보로 걸어가는 것도, 약간의 짬을 누비며 아무것도 하지 않는 나만의 시간을 확보하기 위해서다. 그런 충전의 시간을 확보해야 나는 인간 사회와 겨우 보조를 맞출 수 있다.

'시간이 아깝다', '시간이 없다', '자유 시간이 너무 부족하다'고 한탄하면, 사람들은 내가 계속 헤엄치지 않으면 죽어 버릴까 봐 불안해하는 워커홀릭인 사람으로, 요령과 솜씨가 좋아서 엄청난 분량의 일을 척척 해치우는 사람으로 오해한다. 천만의 말이다. 나는 결코 시간을 능숙하게 사용하는 사람이 아니다. 오히려 굉장히 서툴다. 생활 스타일을 한마디로 표현하자면 '잘 자는 게으름뱅이'다. 그토록 자유 시간에 집요하게 집착하는 이유다.

나는 잠꾸러기다. 가끔씩 밤샘 작업이나 이른 기상은 견딜 만하지만, 평균적으로 최저 8시간 이상의 수면 시간이 꼭 필요하다. 계획 없는 주말에는 깨지 않고 12시간 이상 무리 없이 잘 수 있다. 해외로 출장을 다녀오면 전체적으로 바이오리듬이 깨지는 편이라 시차에 적응할 때도 일주일이 걸린다. 젊을 때는 이 체질에 크게 초조함을 느꼈다. 왜냐하면 시간이 아까우니까.

학창 시절에 어떤 선생은 "매일 3시간만 자면 일주일을 8일로 만들 수 있기 때문에 남들보다 하루를 더 살 수 있다"고 말했다. 즉, 하루 중에 21시간을 깨어 있어야 한다는 계산이다. 이십 대의 나는 이 말을 동경해 수면 시간을 단축하려고 시도했다가 보기 좋게 좌절했다. 당시 불면증에 시달려 현저하게 건강이 무너졌고, 다니던 회사를 그만두기까지 했다. 심료 내과에 가서 나의 답답한 증상을 호소했지만 자면 괜찮아질 거라고만 했다.

롱 슬리퍼(long sleeper)와 쇼트 슬리퍼(short sleeper)는 인생에 주어진 주간 활동 시간의 길이가 절대적으로 다르다. 마음가짐의 문제가 아니라 체질의 문제다. 어찌 보면 수명에 개체차가 존재하는 것이다. 롱 슬리퍼로 살다가 일찍 죽으면 조금 억울할 수 있지만 건강하게 오래 살 수 있다면, 인생을 짧고 굵게 살다가 죽은 사람들이 누린 충실과 다름없는 만족을 얻을 수 있다.

하루에 3시간만 자고 일주일을 8일로 만들어 활용할 수 있는 사람과 전 세계를 바쁘게 돌아다녀도 전혀 시차에 영향을 받지 않는 사람에 대한 나의 동경은 여전히 사라지지 않았지만, 현세에서 나와 그들을 비교하는 짓은 그만두었다.

인류의 역사를 자세히 거슬러 올라가 보면 롱 슬리퍼로 성공한 생산성 높은 사람도 많다. '잘 자는 게으름뱅이'는 그쪽을 롤 모델로 삼아야지, 쇼트 슬리퍼를 동경하여 인생의 귀중한 시간을 자신의 체질을 무리하게 개선하는 데 할애할 필요는 없다. 단시간 수면이 절대 선인지도 의심스럽다. 자지 않는 훈련에 시간을 쏟을 여유가 있다면 차라리 푹 자고, 깨어 있는 시간에 집중해서 열심히 일하는 게 더 낫다고 본다.

나에게는 나만의 생존 전략이 필요하다. 보통 나는 한 가지 일을 할 때 일반인보다 두 배 가까운 시간이 소요된다. 때문에 나는 속도가 붙는 경쟁이나 체력이 필요한 승부의 장기전에서 경쟁력이 없다. 그래서 집중력을 최대한 높여서 사소한 실수를 신중히 줄여나가는 전략이 나와 더 잘 맞겠다고 판단했다.

과음을 그만두고, 밤놀이를 그만두고, 밤샘하는 헛짓거리를 그만두고, 미래에 대한 걱정을 그만두고 집으로 돌아와 조금 더 자기로 했다. 물론 이 세상의 모든 직업이 느긋한 스타일로 일할 수는 없다. 하지만 지위나 일하는 방식 자체를 바꾸는 선택지는 분명 존재할 것이다. 내가 첫 직장을 그만두기로 결단했을 때도 그랬다.

＊＊＊

혼자서 감당할 수 없는 속수무책 같은 약점이 누구에게

나 있다. 그러나 노력과 근성만 가지고 그 전부를 완벽하게 극복하는 일에 얽매여 있으면 아무리 시간이 많아도 계속 시간이 부족할 수밖에 없다. 어릴 때부터 단거리 경주에서 매번 학년 내에서 최하위권에 속했다. 50미터를 달리는 동안 마음만 앞서서 몸으로 공기만 밀어젖힐 뿐, 몸은 마음을 전혀 따라잡지 못했다.

혼자서 책을 읽고 달리는 자세를 연구하기도 했지만 전혀 향상되지 않았다. 주위에서 저마다 나에게 "운동 신경은 좋아 보이는데"라고 말했다. 나는 모두의 바람대로 날렵하고 빠르게 다시 태어날 수 없을까, 생각하며 그 기대에 미치지 못하는 스스로를 항상 부끄럽게 여겼다.

그러다가 '발을 빨리 움직이기' 위해 할애하는 시간을 '달리지 않고 오래 공부하기'로 전환했다. 못하면 안 하면 된다는 마음으로 말이다. 직선 단거리 경주에서의 결과만으로 승패가 결정되는 상황을 피하려면, 느리면 느린 대로 술래가 아무리 맹렬한 속도로 따라와도 자기 페이스를 유지한 채 흔들림 없이 경기에 임하는 전략이 필요하지 않을까. 그래야 자신의 속도에 맞는 진정한 승리를 맛볼 수 있을 것이다.

나만의 방식으로 시간을 효율화하는 일에 관심이 많은 이유는, 무엇을 하든 나는 남들보다 느리기 때문이다. 나는 상대적으로 시간이 더 필요하다. 무엇이든 척척 잘해 내는 기질의 사람이 누리는 인생의 자연스러운 여백을 내 손에 꽉 쥐는 것 자체가 나에게 꽤 벅차다. 그래서 가능한 한 내가 잡은 것을 놓치지 않기 위해 열심히 노력한다.

정년까지 일할 생각이었던 회사를 그만두고 삼십 대 초반에 이직했다. 그리고 서른다섯에 미국으로 건너갔다. 지금은 완전히 새로운 분야에서 일하는 중이다. 그 체험담을 듣고 싶어 하는 사람이 정말 많다. 당시에 퇴직금은 얼마였는지, 연봉은 올랐는지, 실업 상태였을 때 돈은 얼마나 있었는지, 어떻게 해도 이야기의 중심은 항상 돈이다. 또 궁극적으로 꿈은 이루어졌는지, 원하는 인생을 얻었는지를 묻기도 한다.

그때마다 나는 "아직 목적지에 도달하지 못했지만 푹 잘 수 있는 시간이 늘었다"고 답한다. 사소해 보여도 나에게는 무엇보다 중요한 삶의 한 부분이자 목표이기 때문에 그렇다.

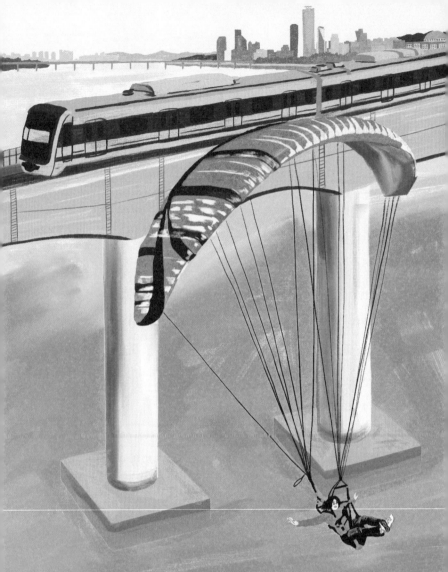

큰 결단이 필요한 국면이 찾아와도

현상 유지에 급급한 어른이 될까 봐,

그게 두려워서 만원 전철을 타지 않기로 했다.

38

내가 만원 전철에서
뛰어내린 이유

어릴 때부터 나는 작은 꿈이 있었다. 만원 전철 타기를 그만두는 것이다. 이 꿈을 남에게 말하면 웃는다. 너무 그릇이 작아서 나조차도 어이가 없다. 하지만 지금껏 인생을 사는 내내 늘 염두에 둔 목표다. 일본의 도시권, 특히 수도인 도쿄의 러시아워는 세계적으로 악명이 높다. 승차율이 200퍼센트 가까이 되기 때문에 불쾌지수는 계측이 불가능하다.

뉴욕의 지하철도 피크 시간에는 엄청 혼잡하다. 지하철에서 서로 푸념을 늘어놓다가 외국인 친구들이 모두 내가 일본인이라는 사실을 떠올리고는 "근데 도쿄는 더 심하지? 역무원이 플랫폼에서 사람을 물건처럼 밀어 넣는 영상을 본 적 있어"라고 물어 온다. 그럼 나는 "그렇지. 여기보다 더 심한 만원 전철에 여섯 살 때부터 매일 아침마다 밀어 넣어졌지"라고 대답한다. 그때마다 모두 눈이 휘둥그레지며 크게 놀란다.

♪♪♪

때는 바야흐로 버블 전성기였다. 나는 세계에서 가장 풍족하던 시절의 일본 수도에서 태어나고 자랐지만 뉴스 방송에 나오는 분쟁지의 지뢰밭을 걸어 다니는 아이들에게 막대한 동질감을 느꼈다.

취학 아동이 의무 교육을 받으러 학교에 갈 때마다 그 길에서 매일 인권 침해를 당한다면, 그리하여 아이들이 범죄의 희생자가 되는 일이 만연하다면, 그게 그 나라의 현실이라면 잘못은 아이에게 있지 않다. 문제에 대한 책임은 철도 회사가 아니라 어른늘이 만들어 온 사회 구조에 있다.

유치원을 졸업하고 그해 봄부터 12년간, 편도로 1시간이 걸리는 도심의 초등학교와 중학교, 고등학교가 병설된 초중고 일관교에 전철을 타고 통학했는데, 그때부터 나는 매일같이 치한을 만났다. 책가방을 둘러멘 지 얼마 되지 않았고, 나이는 고작 한 자릿수였는데 말이다.

정신 보건 복지사 사이토 아키요시가 쓴 《남자가 치한

이 되는 이유》(한국에서 《왜 함부로 만지고 훔쳐볼까?》로 출간)에 상세히 나오지만, 여학생의 교복 치마에 손을 넣는 사람의 대부분은 4년제 대학교를 졸업하고 직장을 다니는 한창 때의 기혼 남성이다. 아침 7시에 주택가에서 도심으로 통근하는, 대기업의 심벌이 붙은, 나 같은 또래의 딸이 있어도 전혀 이상해 보이지 않는 나이대의 남자들이다.

휘감겨 오는 손을 뿌리치고 발을 밟으며 크게 소리치기도 했고, 말귀를 못 알아들으면 철도 경찰에게 인도하기도 했다. 그때마다 나의 미래를 진지하게 생각했다. 그리고 고등학교를 졸업하면 만원 전철을 타지 않기로 수없이 다짐했다. 여기서 도망쳐 누구에게도 나의 존엄을 위협받지 않는 평화로운 생활을 내 손에 반드시 거머쥘 거라고.

혼잡한 차내에서 아파도 쉬지 않고 일할 수 있는 감기약과 자양 강장제 광고, 연일의 과음에 효과 있는 위장약 광고, 특출한 타인의 행복을 왈가왈부하는 주간지 광고판, 치유를 주장하며 내용을 볼 수 없도록 봉해 놓은 누드 사진집과 스포츠 신문의 풍속란이 눈에 들어왔다.

역세권 분양 아파트, 입시 학원, 영어 회화 학원, 불륜 조사와 고리대금, 생명보험과 납골묘 같은 각자의 관심사를 끌어모은 선전 문구는 '모두가 하고 있어요!'라는 메시지로 집약된다. 이런 말에 빗겨 나가는 삶의 방식이야말로 도망을 준비하는 첫걸음이겠지. 우선 열심히 공부해서 좋아하는 방식의 일을 자유롭게 선택할 수 있는 많은 선택지를 가진 어른이 되어야 한다.

남녀가 평등하게 대우받는 업계에서, 근무한다면 정시 전 출근과 회식 접대를 강요하지 않는 기업에서 일하면 좋겠다. 생활은 외진 주택가가 아닌 도심 한가운데이길. 결혼은 나와 똑같이 만원 전철을 타지 않는 남성이되, 설령 타더라도 운행 시간 지연으로 인해 회사에 지각할까 봐 불안해서 역무원을 폭행하거나 다른 승객에게 화내지 않는 사람, 스트레스를 핑계 삼거나 시배욕과 성복욕에 눈이 멀어 초등학생 여아의 바지를 만지작거리지 않는 사람이길 간절히 바란다.

내가 다닌 대학은 하행선 전철과 버스를 환승해서 다니는 교외형 캠퍼스였다. 첫 직장은 탄력 근무제를 운용하는 출판사였다. 직장에서 남녀 비율은 거의 반반이었고, 직속 상사는 자작을 좋아하는 여성 부장으로 성희롱 발언을 멈추지 않는 동료를 그 자리에서 때려눕히곤 했다.

탄력 근무제를 실시하는 직장 덕분에 나는 오전 중에 출근해서 막차를 타고 퇴근했다. 내가 만든 잡지 광고는 발매일이 되면 차내에 걸리는데, 그때마다 텅 빈 전철 연선에 혼자 앉아서 그 모습을 자랑스레 바라보았다. 그렇게 일과 생활을 지속하면서 나는 만원 전철 타기를 그만둘 수 있었다.

젊은 나이에 큰 업무를 맡아서 너무 무리한 나머지 건강이 무너졌다. 그때 나는 극진한 도움을 받았다. 또래 선배들이 육아 휴직이 끝나고 제일선으로 복귀했고, 정년 직전의 대선배들도 생기발랄하게 열정을 잃지 않고 함께 일했다. '나도 언젠가 저렇게'라는 마음을 가슴에 품은 채 그만둘 생각 따위는 전혀 하지 않았다. 만약 그대로 지금까지 계속 일했다면 어땠을까, 종종 상상해 본다.

좋아하는 일, 편안한 직장, 충실한 생활을 자꾸 생각하다 보면 없던 불만도 생기기 마련이다. 쳇바퀴 도는 악순환에 종지부를 찍으려 할 때마다 떠오르는 두 가지 말이 있다. 서른두 살에 이직할 때 그동안 고마웠던 사람들에게 인사하러 돌아다니면서 생긴 일이다.

"이번에 회사를 그만두었습니다"라고 말하자마자 끼얹듯이 큰 소리로 "그거 축하합니다!"라고 반응해 준 유일한 사람이 있다. 바로 장기 프로 기사 하부 요시하루다. 대부분은 "언제?", "왜?", "승계는?" 하고 되물었는데, 일일이 설명해 주면 놀란 표정으로 "더 같이 일하고 싶었는데 아쉽네"라고 말했다. 하지만 그는 '지금과는 다른 길을 도전한다는 알림은, 그 말을 듣는 자체만으로도 축복할 가치가 있다'는 태도를 보여 주었다. 이후부터 나도 누군가로부터 이직 소식을 들으면, 프로 기사 하부처럼 그 자리에서 바로 축복하고 축하해 준다.

하부와는 정반대의 이유로 잊혀지지 않는 사람이 있다. 그는 나에게 해맑은 얼굴로 "그런 멋진 출판사를 그만두다니 아깝네요. 무슨 일이 있었는지 모르지만 내가 오카다 씨였다면 어떻게 해서든 그 회사에 매달렸을 거예요"라고 말했다. 악의 없이 그가 내뱉은 '매달리다'는 표현을 듣자 내 안에 매달려 있던 아주 작은 미련까지 말끔히 사라졌다.

그가 말한 대로다. 만약 이 회사를 계속 다녔다면 명함에 인쇄된 회사의 큰 로고과 꿈의 직업이라는 지위가 나의 정체성이 되어 점점 그 안정을 버리기가 어려웠을 것이다. 나는 그렇게 되기 전에 그만두었다. 무언가에 매달리고 의존하는 인생을 그만두었다.

♪♪♪

어른이 된 지금, 소녀 시절에 치한에게 당한 피해를 이야기하면 사람들은 나에게 "집과 더 가까운 학교를 다녔어야지", "사립학교에 넣은 부모를 원망해"라며 자기 책임이라는 식으로 떠들어 댔다. "직장은 도심에 있고, 집은 교외에 있으면 만원 전철을 탈 수밖에 없지"라며 되레 나를 혼내는 일도 있었다.

이 같은 주장이 버젓이 통하는 사회라면 설령 여성 전용 차량이 성폭력 피해를 줄여 준다고 하더라도, 인신사고로 전철이 지연되어도 승객들은 고인을 애도하기보다 혀를 차며 불평을 늘어놓을 것이다. 비록 걸어서 학교에 다니고 차로 출퇴근하고 만원 전철을 타지 않은 채 생애가 끝나더라도, 개인의 존엄성이 존중받는 평화로운 삶은 누리지 못할 것이다. 온갖 악의 근원을 때려잡지 않는 한 그 나라에서 태어난 아이들의 미래는 남자든 여자든 암담하다.

'규칙은 규칙이니까', '모두 따르고 있으니까', '이제는 바꿀 수 없으니까'라고 주장할수록 선택지는 점차 줄어들고 피할 길은 점점 사질 것이다. 즉, 다른 방식으로는 살 수 없어진다. 누군가가 깔아 놓은 레일 위에서 내려올 기운도 잃고, 누군가가 정한 규칙을 바꿀 기개도 잃어 버릴 것이다. 무언가 큰 결단이 필요한 국면이 찾아와도 현상 유지에 매달릴 수밖에 없어진다. 나는 그런 어른이 되는 게 두려워서 만원 전철 타기를 그만두기로 했다.

문득, 사십 대는 출세할 때라고 생각될 때, 친구들이 모두 나보다 위대하게 보이는 날, 나 역시 일본에서 계속 일하는 게 나았으려나 싶기도 하다. 하지만 이제 '축하해'와 '매달리다'의 두 말에 종지부를 찍는다. 나는 그때 회사를 그만두길 잘했다. 눈앞에 깔린 길 이외에 새로운 길도 걷고 싶었다. 벌써 그 길 위에 내가 서 있다는 사실만으로도 충분하다.

뉴욕에서 가끔 만원 전철을 탄다. 여전히 진절머리가 나고 아직도 이를 피할 수 없는 내 운명에 싫증이 난다. 하지만 어린 시절에 품은 나의 목표에 한 발자국씩 가까워지는 중이라고 확신한다.

39

조국을
떠나며

    첫눈이 내리고 11월 중순의 어느 날, 오랜만에 친구와 함께 차를 마셨다. 친구는 헝가리계 미국인이고, 서른다섯 살이다. 나와 예전에 미술 대학에 다닐 때 같은 반이었는데, 내가 미술 대학에서 1년 반 동안 배운 프로그램을, 4년에 거쳐 배우고 올해 겨우 마친 참이었다. 유급을 받거나 게으름을 피운 것은 아니고 그동안 휴학하고 독학으로 그래픽 디자이너가 된 후에 일과 학업을 병행했다.

    서로의 근황을 나누던 중에 친구가 의료 기관에서 잠깐 일했다는 소식이 참 흥미로웠다. 친구는 어차피 내년에 디자인 업계로 복귀할 계획인데, 졸업하고 바로 원래의 생활로 돌아가는 게 너무 아쉬웠다고 했다. 높은 급여에 안정적인 전문

직은 학비를 반제하는 데 큰 도움이 되었고, 정신과에서 중증 환자를 만나며 그들의 회복을 돕는 일이 보람찼다고 고백했다. 친구의 인생에서 정말 귀중한 경험이 된 듯했다. 앞으로는 시내에 위치한 요가원의 레지덴셜 프로그램에 참가해서 1년간 아침저녁으로 명상을 할 예정이고, 거기에 입주해서 공동생활을 시작한다고 했다. 셰어 하우스 같은 형태의 숙박 시설이기 때문일까, 월세가 싼 게 아주 매력적이었다.

친구는 "난 아직 마흔 전이야. 애인은 있어도 결혼하지 않았고 아이도 없어. 길고 긴 인생이야. 지금 이 시간을 내가 어떻게 보내고 싶은지 생각했어. 이게 바로 그 결과야. 앞으로 1년간 술은 안 먹을 거지만 디저트는 먹을 수 있으니까 또 이렇게 만나서 차 마시자!"라고 말했다. 시나몬 롤 하나를 둘이 나누어 먹으면서 나는 친구에게 "피터리면 훤칭하는 네가 정말로 술을 끊을 수 있겠어?"라고 말하며 함께 웃었다.

그때 우리가 나눈 대화 속의 조용한 흥분과 설렘을 나는 글로 충분히 전달할 자신이 없다. 어쩐지 엄청 별난 사람으로 연상되겠지만 친구에게나 나에게 있어, 아니 누구에게나 분명 존재해도 되는 삶의 모습이다. 그런데 이를 글로 다시 표현하려니 왜 이리 어려울까.

♪♪♪

뉴욕에서 '구직(job-hunting)'은 단어 그대로 고독한 사냥을 상기시킨다. 년 단위의 준비 기간을 가지며 학력이나 필요한 자격증 등의 요건을 갖추고, 인맥을 구사하듯 바람을 읽은 다음 겨냥해 둔 좋은 대우의 사냥감을 향해 언제 총을 쏠 것인지 숨통을 확실하게 끊어 놓을 때까지 꾸준히 기회를 노린다.

100곳, 200곳에 복사해서 붙여넣기 한 입사 지원서에 답신이 오기를 기다리는, 내가 밭의 작물이 되어 수확되기를 고대하는 일본의 신규 졸업자 일괄 채용 방식과는 상당히 다르다. 가장 다른 점은 경기와 시장 규모일 거다. 한 회사에 오래 근무하는 사람도 많지만, 무리에서 벗어나 험한 길을 떠돌아도 길가에 뜬금없이 의료 기관의 구인 광고가 떨어지는 이 풍요로운 토지에서 사냥 중심으로 생활해도 비자만 있으면 굶어 죽는 일은 없다.

지금 현재는 무직이라고 밝히는 사람들도 모두 빈틈없는 사냥꾼이다. 그들은 이제껏 사냥한 사냥감의 수와 크기로 서로의 실력을 가늠한다. 장소가 달라지면 가치관도 달라지기 때문에 공백 기간이 없는 이력서보다 풍부한 이직 경험과 유의미하게 보낸 갭이어(gap year)는 구직 시 큰 훈장이 된다.

사냥 민족은 자신과 가족 부양에 필요한 만큼의 몫만 사냥하고 더 이상 욕심내지 않는다. 명예퇴직을 이상으로 여기고 모두가 부러워하는 초일류 기업의 혜택과 지위를 손쉽게 내려놓고 새로운 사냥감을 찾아 떠나는 사람도 많다. 이유를 물으면 "내 삶이야(I have my life)"라고 답한다. 나에게는 나의 인생이 있는 것, 즉 돈 때문에 일에 얽매이기 싫다는 뜻이다. 결국 사람은 자신의 시간을 최대화하기 위해 산다.

요가원에서 생활하는 디자이너 친구의 삶을 보고 '사십대에 일정한 직장도 없이 결혼도 하지 않고 어슬렁거린다'고 느끼는 사람이 적지 않지 않을 것이다. 임기응변식 라이프 스타일은 내가 일본에서 어른들에게 배운 인생 교훈과는 너무나도 동떨어진 삶이라는 사실을 나도 잘 안다.

지금은 돌아가신 이모할머니에게 듣던 "이 아이는 언젠가 인간을 그만둔다!"라는 꾸지람이 생각난다. 나는 어린 시절에 다 같이 똑같은 길에서 함께 노력하지 않으면 혼자만 낙오되어 굶어 죽는다고, 교육받았다. 나 역시 대학을 졸업하고 취직이 결정되면 기업의 정직원이 되어 예순 살, 일흔 살까지 무사히 일하는 모습이 마땅히 그래야 할 '나의 미래'라고 생각했다.

일본의 버블 경제가 붕괴되고 취직 빙하기가 시작되면서 내 또래들은 어느새 잃어버린 세대(일본의 거품 경제 붕괴 후의 극심한 불황기에 취업 활동을 경험한 세대)가 되었다. 직장 내 비정규직 고용률이 증가하고 친구들은 이직을 자주 반복했지만 '나의 미래'는 스무 살 안팎에서 격렬하게 싸운 사회와의 관계성에 빈틈없이 고정되어 평생 미동하지 않는 어른의 모습을 고수했다.

학생 때는 여러 아르바이트를 동시에 할 수 있었다. 시급이 높은 과외부터 음식점과 슈퍼 종업원에 이르기까지 싱크 탱크를 드나들기도 했고, 사진가와 편집자를 보조하기도 했다. 수입원이 많은 덕분에 어느 한 곳이 사라져도 굶어 죽지 않을 수 있었다.

그때는 오늘의 나와 내일의 내가 제각각 직위를 대고 어제와는 다른 사회의 끄트머리에서 주워 먹으며 희한하게 잘 살아 있는 상태가 이유 없이 좋았다. 그래도 이모할머니의 으름장이 통했는지, 나는 그 많던 아르바이트를 하나씩 그만두고 회사원이 되었다.

"만약 내일 회사가 사라지면 어떻게 할 거야?"라고 질문받은 적이 있다. 한 동료가 "오늘까지 배운 기술을 잘 살려서 같은 업종의 다른 회사로 들어가야지"라고 답했다. 확실히 그게 무난하다. 나도 그 말에 동의할 생각이었으나, "모처럼 전혀 다른 업계에서 일해 보는 것도 재밌겠네"라고 말해 버렸다. 나는 인생의 허를 찌르는 공백을 '모처럼'으로 받아들이는 인간이다.

그 이후로 정확히 내가 말한 대로 살고 있다. 모처럼 이직했고, 모처럼 글을 썼고, 모처럼 텔레비전 방송에 출연했고, 모처럼 결혼했고, 모처럼 미국으로 이주했고, 모처럼 학교도 다시 다녔고, 모처럼 타지에서 일하며 살고 있다. 험한 길을 어슬렁어슬렁 떠돌아다니다가 굴러 들어온 호박을 기어코 주워 먹었다. 다행히 아직 배탈은 나지 않았고, 죽지도 않았다.

◢◢◢

큰 뜻을 품고 바다를 건너오지는 않았지만 마흔이 되기 전에 나는 마침내 일본에서의 삶을 그만두었다. 그리고 여기서 다른 문화권에서 성장했지만 우리 부부와 비슷한 가치관을 가진 친구들을 많이 만났다. 함께 나이 먹는 게 기대되는 이들이다.

언젠가는 반드시 죽는 인생이다. 그러므로 죽지 않고 살아 있는 정도면 무엇을 해도 좋다. 반대로 안 해도 좋다. 요가원에 살면서 1년간 술을 끊어도 좋다. 조국에서의 삶을 끝내고 다른 나라에서 새로운 삶을 시작해도 좋다. 원하는 대로 인생의 여백을 사용하면 된다.

하고 싶은 일이 너무 많다고 소리치고 싶을 때도, 하고 싶은 일이 안 보인다며 초조할 때도 일의 우선순위는 더하기가 아닌 빼기로 결정하고 싶다. "모두 그만두고 시간이 남아돌면 어떡하나요?"라고 질문받으면 나는 "아무것도 안 하기를 실천하고 있어요"라고 답할 것이다.

그렇게 안 해도 되는 일을 하나하나 헤아리며 줄여 나가기 시작했다. 세상에는 해야 할 일도 많지만 하지 않아도 되는 일도 많다. 모두 그만두고 시간이 텅텅 비어도도 겁낼 이유가 없다. 서둘러 그 시간을 채울 필요도 없다. 그 시간이야말로 온전히 나의 것이다. 나에게, 당신에게, 우리 모두에게 존재해도 되는 것이다.

"마흔에 찾은 나다움"

세상에는 '타인의 말에 귀 기울이지 마라! 너는 너답게 살면 된다!'는 논조의 메시지가 넘쳐 납니다. 어쩐지 모순적이라 생각합니다. '맞아, 맞아. 나는 내가 믿는 길을 갈 거야. 남에게 요만큼도 귀 기울이지 않을 테다'라고 확정한 사람은 구태어 이 책을 펼쳐 보지 않을 겁니다.

이 책을 집어든 분은 타인의 말에 관심을 가지고 귀 기울이는 사람일 것입니다. 동시에 '타인은 어디까지나 타인이니 그의 노하우를 그대로 따라 할 수는 없지 않을까' 하고 고민하는 사람일 것입니다. 그런 분들이 아마 저의 이야기를 끝까지 읽지 않았을까 생각합니다. 마지막까지 읽어 주셔서 감사합니다.

저도 마찬가지입니다. 타인의 의견에 귀 기울이면서도 몇 번이나 일시정지 버튼을 누르면서 내 고민은 나밖에 해결할 수 없다고 생각하며 인생에서 '그만두어도 될 일'에 관해 고민하기 시작했습니다. 나아가 고민에서 멈추지 않고 나만의 그만두기 리스트를 만들어 보았습니다.

이 처방전은 저에게 참으로 효과가 좋았습니다. 잃어버린 나를 찾을 수 있도록, 새로운 나를 발견할 수 있도록 도와주었기 때문입니다. 하지만 아쉽게도 이 효과를 타인과 100퍼센트 공유하기란 쉽지 않았습니다. '거기서부터는 여러분 스스로 생각해 보세요'라고 말할 수밖에 없었습니다.

제가 쉰, 예순이 되어 이 글을 다시 읽을 때 지난 날의 엄청난 미숙함에 얼굴이 달아오를지도 모릅니다. 결론이 나올 만한 주제가 아니기 때문이지요. 그래도 낯선 누군가에게 제 이야기를 들려주면서, 제가 삶에서 여러 가지 것들을 그만두면서 점점 홀가분해진 나날을 분명 그리워하며 회상할 날도 있겠지요.

여러분도 제가 그만둠으로써 찾은 인생의 홀가분함과 나다움을 함께 누릴 수 있기를, 삶의 변화가 시작된 순간을 먼 훗날 돌아보았을 때 스스로 기뻐할 수 있기를 바랍니다.

굉장히 오랜 시간 공들여 만든 책입니다. 담당 편집자 구와시마 아키코 씨와 이 책을 처음 기획했을 때만 해도 저는 도쿄에서 직장을 다니고 있었습니다. 몇 번을 좌절하고 고쳐 쓰며 여기에 저의 삼십 대를 통째로 바쳤습니다. 뉴욕에서 이 책을 완성할 줄은 꿈에도 몰랐습니다. 마흔이 되어 이 책을 낼 수 있었던 건 모두 편집자 구와시마 씨 덕분입니다.

마지막으로 연재할 수 있도록 기회를 준 요미우리 신문 〈오테코마치(大手小町)〉 편집부의 다나카 마사요시 씨에게, 책을 멋지게 디자인해 준 사토 아사미 씨와 이치조 히카루 씨에게 감사의 인사를 전합니다.

세상과 주변에 얽매이지 않는 연습

마흔에는 홀가분해지고 싶다

인쇄일 2020년 1월 16일
발행일 2020년 1월 23일

지은이 오카다 이쿠
옮긴이 최윤영
펴낸이 유경민 노종한
기획마케팅 김태운 금슬기 최지원
기획편집 이현정 김형욱 박익비 임지연
책임편집 박익비
디자인 남다희 홍진기
펴낸곳 유노북스
등록번호 제2015-000010호
주소 서울시 마포구 양화로7길 71, 2층
전화 02-323-7763 **팩스** 02-323-7764 **이메일** uknowbooks@naver.com

ISBN 979-11-89279-89-9 (03830)